开学第一课

依据国家教育部和中央电视台

联合主办的《开学第一课》活动

“我爱你，中国！”主题拓展原创版

成长的声音

中央电视台《开学第一课》编写组 编

时代文艺出版社

图书在版编目（CIP）数据

成长的声音 / 中央电视台《开学第一课》编写组编.—2版.
—长春：时代文艺出版社，2016.1（2023.7重印）
（开学第一课）
ISBN 978-7-5387-4945-8

I. ①成… Ⅱ.①中… Ⅲ. ①中国文学—当代文学—作品综合集 Ⅳ. ①I217.1

中国版本图书馆CIP数据核字（2015）第257196号

出品人　陈　琛
责任编辑　闫松莹
助理编辑　孙英起
装帧设计　孙　利
排版制作　隋淑凤

成长的声音

中央电视台《开学第一课》编写组 编

出版发行 / 时代文艺出版社
地址 / 长春市福祉大路5788号　龙腾国际大厦A座15层　邮编 / 130118
总编办 / 0431-81629751　发行部 / 0431-81629755
官方微博 / weibo.com / tlapress　天猫旗舰店 / sdwycbsgf.tmall.com
印刷 / 北京市一鑫印务有限公司
开本 / 710mm × 1000mm　1 / 16　字数 / 120千字　印张 / 12
版次 / 2016年1月第2版　印次 / 2023年7月第3次印刷　定价 / 36.00元

图书如有印装错误　请寄回印厂调换

敬启

书中某些作品因地址不详，未能与作者及时取得联系，在此深表歉意。敬请作者见到本书后，通过以下方式与我们联系，我们将按国家规定支付稿酬并赠送样书。

E-mail：azxz2011@yahoo.com.cn

《开学第一课》编委会

《开学第一课》的价值

有人问我，《开学第一课》的价值体现在什么地方？我认为最重要的就是全社会希望并通过我们传递出来的价值观。多元是时代进步的标志，我们尊重不同的声音和价值理念，但是作为教育部和中央电视台联手举办的一项公益活动，我们要传递的是主流的、与时俱进又符合中华文明传统的价值观。

在2008年，我们通过《开学第一课》传递了抗震精神和奥运精神；2009年正值新中国60周年华诞，我们在象征着民族精神的长城，为孩子们播撒下爱的种子；2010年，我们告诉孩子们，一个拥有梦想的民族，一个不断仰望星空的民族，就是拥有未来的民族，人生的每一个阶段都需要梦想的指引、坚持和探索，而每个人的梦想汇集起来就可能成为国家的梦想、民族的梦想。

举办《开学第一课》三年来，我个人也有一个梦想，我梦想这项目光远大、朝气蓬勃的公益活动能够坚持举办十年，让它给这一代孩子的成长提供正面的、积极向上的力量，这就是《开学第一课》的意义所在。

我希望全社会的力量汇集起来，给孩子们一种价值观的教育，中央电视台愿意承担使命，连同教育部把这项公益活动做好。我们也欢迎全社会各界积极参与、支持，从出版、纸媒、网络、志愿行动、慈善事业等各个方面，加入到这个追逐共同梦想、打造恒久价值的公益活动中来。

由此，我亦十分高兴地看到《开学第一课》系列丛书的出版，我相信时代文艺出版社正是基于我们共同的理想，以出版的力量为孩子们的未来创造了更丰富的阅读食粮，为《开学第一课》的精神理念提供了更多样的传递方式。

中央电视台 许文广

目 录

第一部分 特别行囊

第二部分 心灵的悸动

第三部分　真我本色

第四部分　心的呼唤

第五部分　风中的蒲公英

第六部分　成长的声音

第七部分　思想着的芦苇

第八部分　发现的眼睛

第一部分

特别行囊

“我留着陪你，强忍着泪滴，有些事真的来不及回不去。”耳机也同情我的悲哀，诉说着这《最后的战役》，我忍着心灵的刺痛走回自己的房间，窗外的烟花已渐渐稀落，偶尔的一朵也离我很遥远。在周杰伦的歌声中，我开始编织那个梦幻的世界，那个小男孩，那片花丛，那阵阵的掌声，那串甜甜的笑声……

——贺康《最后的战役》

我们感谢阳光

陈 蓉

秋天的太阳似乎不那么有力，上课的时候，只有几束阳光懒懒散散地从窗外射进来。但就是这几束“生命之光”，已把足够的活力射入了教室，教室里的一切都显得那么有生气，就连细微的灰尘也在这光芒里上下飞扬，活跃万分。

“哗”的一声，窗帘被拉上了，“晒多了太阳容易生皮肤癌”，一句为拉窗帘的辩解不知从谁的嘴中冒出。于是，教室在一片欢笑中恢复了平常的状态。

看着那道不甘示弱依旧顽强地从窗帘缝隙中射进来的阳光，我隐隐觉得难过。

不知从何时起，阳光成了可以用金钱买卖的商品。同一幢房子，各个不同的朝向，各个不同的层次，房价要相差到几万元。但这并没有改变人们热爱阳光的初衷，人们愿意出更多的钱去买采光好的房子。要知道阳光不是用金钱可以衡量的，在这个人与人之间还存在冷漠和不平的社会中，无私的阳光平等地照射着每个人，给了人们莫大的慰藉，抚平了我们不平的心灵。

想到这里，我就更期待寒假、暑假的日子。在这些日子里，我可以去外婆家，每天看着火红的太阳缓缓升起；看着阳光散在带着露珠的菜叶和树叶上，晶莹耀眼；看着在阳光的烘晒下晨雾落下来，渗透到泥土里，到处冒起阵阵湿气，空气因此而愈加清新；看着屋后的小河映出了光灿灿的一大片天空，摇摇晃晃的河面跳荡着充满生命力的一圈圈涟漪……一天就这样平静地开始。

英语中“sun”（太阳）一词的本意为“生殖者”。太阳光照万物，使万物得以生长、开花和结果。太阳给人以温暖，使人感受到蓬勃朝气，充满力量。所以她是一位最伟大的“生殖者”，因此人类起初最崇拜的就是这位伟大的“生殖者”。

雾中的太阳，不同寻常，好像一个人，有五官，能感觉；我立刻明白了古代人们崇拜太阳的缘故，这个光芒四射的物体就是一个活的东西。它有金黄的头发，有和蔼的目光，神采奕奕，正当身强力壮之时，饶有兴趣地俯视着包罗万象的世界（人间）。

太阳神阿波罗是西方人最崇拜的神，同时诗人还赋予他“降福神”的殊荣，这充分说明太阳给了人们无限的灵感和健康。奥运、亚运的圣火都是直接通过阳光的折射采集火种的，体现出阳光的神圣。人们更喜欢说“太阳给予我温暖”，这也说明了阳光给人们带来的幸福。

我感谢阳光，它给了我阳光般的心情。

跨越百年的罗布泊

陈鑫雨

一

没有了波光粼粼的湖水，只剩下一条瘦弱的小河；没有了成片的森林，只剩下秃秃的木桩；没有了肥沃的土壤，只剩下漫天的黄沙。

我出生的时候，塔克拉玛干就开始退化了，泛着血丝的眼睛，凄凉而恐怖。罗布泊位于塔克拉玛干的边缘，是塔克拉玛干中唯一的绿洲，清澈见底的仙湖边是成片的胡杨林。

我的名字叫卜鲁，意思是“塔克拉玛干的回忆”。妈妈就是从塔克拉玛干大沙漠逃出来的，她忘不了灾难来临的那一瞬，于是给我取了这个名字。

我的朋友多玛，常和我到罗布泊畔玩耍，银色的湖面映着太阳明亮的影子，像一匹延绵不绝的绸缎。湖面，湖边，处处是鸟儿的天堂，它们时而展翅低飞，贴着湖面绕圈子，时而高翔于蓝天，搏击长空。鹭鸶伸着长长的脖子，追逐着形形色色的鱼虾。有时，三三两两的小鹿跑来，俯在湖边，吮吸清凉的水，小旗一样的尾巴摆来摆去。

二

爸爸扛着斧子出门了，我提着篮子跟在后面。

村庄周围是成片的胡杨林，号称千年不死的胡杨林手拉手，迎着风，挺立着。我极目远眺，塔克拉玛干像一片火的海洋。

胡杨林边，爸爸从篮子里取出绳子圈住了几棵树，并告诉我，这些树将被砍掉，然后这里将被种上农作物。

爸爸挥动着斧头，银光在我面前闪来闪去，我下意识地退后几步。突然，一只手将斧子拦住，是妈妈。

“你来做什么？”

“不要再砍了，当年塔克拉玛干就是被这么毁掉的。”

“不砍怎么行，村里哪家没到这里圈地呀？今年雨水不多，就那几亩地，哪有收成，总不能卖口粮吧？再说，把这些树运到城里，还能卖些钱。”

“可……”

“好了！”爸爸板起脸说，“带卜鲁回家去，这里的事你别管。”

妈妈无奈地叹了口气，拉着我往回走，一棵棵胡杨树在我们身后重重倒下，扬起一片灰尘。

三

不出一个月，村子周围的胡杨林都被砍光了，我和多玛常蹲在那些砍倒的树前，一圈一圈数着年轮。

“卜鲁，你看那边，天怎么变暗了？”

我回头一看，天阴沉沉的，一阵阴风吹来。

“啊，鬼！”我惊呼，多玛一把将我拉起，跑到她家。

风停了，我跑回家中，家附近的麦田被沙尘掩埋了。

爸爸脸色阴沉，不声不响地拿着扫帚出去了。

爸爸扫净了麦田里的沙，打开抽水阀，浇自己的地，他固执地认为只要有水，沙尘就不会影响生产。

四

那年，多玛的妈妈给她生了个弟弟。那年出生的孩子比往年多。其实村子里每年人口几乎能翻一番，村边又多了个抽水站。

我们还到罗布泊畔去玩，不过，鸟儿已经少多了，偶尔几只大雁下来喝几口水，然后毫不留恋地离去。

水也混浊多了，罗布泊此时已没有胡杨林的陪伴，塔克拉玛干瞪着它混浊的眼，无力地望着天。

五

罗布泊终于干涸了，黄沙掩埋了湖畔的一切欢声笑语。

人们背着包袱逃荒，人群你推我搡，中间夹杂着小孩的哭喊声、男人的咒骂声和女人的叹气声。

路上是滚热的干尘。车过，人过，沙浪滚滚不息，太阳发怒了，把所有的光和热倾泻下来，晒着人们有气无力的身体。大家每走过一处，就留下成片的尸体。

瘟疫流行了起来，人们成片地倒下，身上布满了红色的斑点。没有水，健康的人也有气无力。

又一个孩子倒下了，竟是多玛。我跑过去，扑到她身上，搂着她空虚的身体，大哭起来。风沙，不仅要埋葬我的家，我的欢乐，还要埋葬我最挚爱的朋友！天又阴暗了许多，我仿佛看见了昔日的罗布泊变成了死人谷！

我哭着喊道："多玛，你醒醒，醒一醒，我们还没有到中原呢，快起来，别睡了！"可多玛那弱小的身体早已和那消逝的仙湖、胡杨林一起到另一个世界了。我仿佛看见，多玛那苍白的微笑凝固在了罗布泊上。

终于，绿色出现在了人们的视野里，就像离开了黄色死亡一样，大家终于又发现了生的希望。

六

后来，我听说了许多探险者在罗布泊神秘死亡的事。我知道，塔克拉玛干开始报复了。

七

转眼，一百多年过去了，我已一百一十岁了，那段美丽又沉重的回忆，深深藏在我的心底，有仙湖，有胡杨林，还有我和多玛那纯真的笑声。真希望有一天，我能回到那诞生我的地方，再看看罗布泊清澈的眼睛，还有那短暂又美丽的岁月。

（指导教师：李红）

此情可待成追忆

姚晓飞

青春的花开花谢
让我疲惫却不后悔
四季的雨飞雪飞
让我心醉却不憔悴

谨以此文，纪念我曾经的岁月。

——题记

盛开的她

下晚自习了，寂静的校园喧闹起来，走出教室，我的目光下意识地向走廊另一端的那扇门扫去……

第一次见到她还是念初一那年春天。学校要举行广播操比赛，课间活动时，操场上挤满了各班的操练队伍。她们班在我们班旁边。一群泥猴似的孩子中间，她着一身白衣，如同一朵洁白的睡莲。夕阳西下，万物都沐浴在太阳的金辉里，我眯起眼，她如女神般散发着耀眼而圣洁的光芒。

接下来，学校搬迁，各年级暂时分散到四处。她也像蒸发了一样，再没出现在我的视野里。

再次遇到她也是在春天。熙熙攘攘的街头，红灯前，她的自行车悄无声息地滑到我身边，停下。我听到她在轻轻哼唱着什么。

后来，在路上遇到的机会多了起来，慢慢竟有了些许默契。遇到了，就一前一后走着，从未对话，唯一的交流，是风中流转的歌。

人影晃动中，她们的教室门开了。她和同学说笑着走出来，有意无意地回过头，像在寻找什么。

接下来的五秒是我记忆中的一段无声电影：长长的走廊里，穿越无数虚化的身影，我们的目光交织在一起，又迅速闪开……珍藏在心灵深处的总是最美的少年情怀。

睡在我上铺的兄弟

他睡在我的上铺。他是个猪头！至少我一直这么叫他，他也一直这么叫我。

不过，他是头“霹雳猪”，我是头“闪电猪”。但我们并没有因为是“同类”而惺惺相惜。他的块头明显比我大，所以，每次饱受别人“蹂躏”后，总要到我这里砸场子。那段日子，我恨死他了。

虽然恨他，但我从没有交过“黑道”朋友。所以，首先声明，下面的事不是我找人干的。

那天放学后，他在校门口被一帮混混挑衅。他暴起，却被对方一脚踢倒在地。班里那帮在教室憋了一天的热血小子们看到送上门的“战斗”，被欺负的还是自己人，马上义愤填膺地纷纷披挂上阵，并沿暴徒逃窜的方向猛追。

我自知武力不济，便主动留下照顾伤者。喧闹的校门口瞬间只剩下手足无措的我和呻吟不止的他。我使出吃奶的力气扶他起来，送他回家，还顺道和他的家人送他去了医院。

两个星期后，我又见到了猪头。一只胳膊还吊着绷带的他上来就给我个“猪”抱。从此，他成了我的死党，一起读书，一起踢球，一起坐在操场上聊“猪”们的梦想和心事……

一个阴霾的冬日，他的座位又空了。鼻子上一个不起眼的小肿瘤无情地带他去了另一个世界。此后，每次看到QQ上那个再不会亮起来的头像，我都会写下一句话：“兄弟，你在那边还好吗？”

相亲相爱的一家人

放学了，却不想回家。可以想象走进家的情形：饭是热的，灯是亮的，气氛却是冷的。

作为独子，我从不承认自己是什么“小皇帝”。但在爸妈眼里，我绝对是他们的“太阳”。他们的生活完全围绕我这个“太阳”运行。从小学起，为了让我在“重点”念书，妈每天用自行车载我上下学，无论风霜雪雨，从未间断。爸则每天中午一下班就急忙往家赶，为的是让我早点吃饭，然后能空出一个小时的午睡时间。

在我的学习上，爸妈从没任何分歧。而一旦焦点从我身上移开，他们之间的矛盾瞬间就变得无法调和。两个对我那么无私、宽容的人，总会在一些小事上无比固执。他们从不吵闹，只是选择用沉默表示自己的不满。这样的日子里，我的衣食起居不会受影响，但我的心却在冰窖里封存……

家终究还是到了。推门进去，出乎意料，锅灶冰冷，没有晚饭。走进爸妈的房间，妈躺在床上，爸坐在床边。看我进来，他们努力做出轻松的表情，却掩饰不住眼中的忧虑。爸把我拉到一边，沉重地说，妈的胸腔里长了血管瘤，有生命危险，明天他要陪妈去北京看病。这些天要我照顾好自己……大脑一片空白，我不知道自己该做什么，能做什么。

一夜间，爸苍老了许多。去车站的路上，他没顾得上看我一眼，只是捧珍宝似的扶着妈，眼中满是焦虑和关爱。妈则温顺地听从爸的一切安排。列车开走了，我的心隐隐作痛，又有一丝轻松和欣慰。

妈要做手术了。我无论如何也睡不着，踱到窗前，朝着北京的方向暗暗祈祷：苍天在上，求您保佑我妈，保佑我们全家，我们是一家人，相亲相爱的一家人。

青春的天空很大
我就躺在你的睫毛下
青春的日子很多
我却开始想家

在那片青色的山下
我埋葬自己所有的记忆
等待着　将来有一天
它们在世间流传

——后记

（指导教师：易飞平　唐屈敏）

你必须拔剑

应 俊

“拔剑吧！”对手对我说。

“为什么一定要拔剑呢？难道我们非得这样吗？”我一脸茫然……

“这是注定的，你不得不拔剑，这是你的命，也是我的命，我们谁都无法避免。生活在这个时代，不是你死，就是我亡。拔剑吧！”

我始终无法下手。对手的一招“烈火情天”便把我淹没在火海之中。“应俊，86分！”老师的声音使我清醒，我的确败在了别人的剑下。

对手冷冷地扔下一句话：“三天以后，你我再来比试高低！”我紧握着那把残剑，单腿跪在地上，痛苦地咬着嘴唇。

老师又用她的长剑——粉笔，舞着她那绚丽而又令人眼花缭乱的剑花。几秒便将那“二次根式”映在了黑板上。“懂了吗？”她转过身来问我们。“懂了！”“那就试一试！”我们依照她教的剑法，紧握长剑，在草稿纸上破解那一个个难缠而又变化多端的阵法——二次根式。

“下课！”老师的身影渐渐消失在“大漠孤烟直，长河落日圆”的荒凉背景中。

我们依旧舞剑，在那儿一个一个地破解永远也解不完的“二次根式”阵法。

三天后……

“你终于来了！”少年冒出一句话。

“我来了！”我应道。

“拔剑吧！”少年冷冷地道。

我极不情愿，但又无可奈何地将手中的长剑抽出。

“出招吧！”少年厉声怒吼。

我遵照老师传授的剑法，将他的剑法一一破解。一招招新颖的剑法舞出一道道变幻莫测的剑花，杀得对手措手不及。

“你……你……什么时候……会这些招数的？”对手十分惊异。

“我并不想杀你……”我扔下一句话转身就走。

没想到，少年抓住机会，凭借最后的绝招—— 一道8分的计算题，用尽最后的力气，重重地将剑刺入了我的胸膛。

血！鲜血如水一般，从我的胸腔喷涌而出，染红了衣服，渐渐在脚下汇成一条小溪……

“你输了！”对手静静地对我说，“你输就输在这最后……人在江湖，你一定要拔剑，任何时候都不可以停止，否则你只能输，只能死，懂吗？”

我渐渐地倒下了，我也渐渐地懂了，人在江湖，身不由己。我不能不拔剑，否则必死无疑。

那打着鲜红的86分的试卷飘然而下……

（指导教师：赵煊荣）

最后的战役

贺 康

“机枪扫射声中我们寻找遮蔽的战壕，儿时沙雕的城堡毁坏了重新盖就好，可是你那件染血布满弹孔的军外套，却就连祷告手都举不好……”

耳边周杰伦正如泣如诉，窗外的烟花已美得让人触目惊心。突然记起今天是除夕，旧历年的最后一天。烟花时时跃上天空，开放，在瞬间照亮了黑暗的天空，然后星落如雨。回忆自己好像很久没有见过如此美丽的焰火，只依稀记得童年在花丛中奔跑时，花也曾这样绚烂过，父母那甜甜的笑声开放在记忆深处，也如花美丽。

“干什么呢？”有人打掉了我的耳机，我才听见妈妈的吼声，“整天就知道玩！寒假都过去多少天了？还不紧不慢！数学考了74分还不抓紧时间补！哼，考不上高中就捡垃圾去！”

“嘲笑的声音在风中不断被练习，这树林间充满了敌意”，我没有看妈妈的脸色，耳机在我眼前摇摆着，挣扎着，仿佛被人扇了耳光，只是哀怨地喘着粗气。我面无表情，接收着这渐渐的习以为常。窗外那些欢乐的气氛蔓延着，一簇簇烟花绽放，一阵阵欢呼的人声。又一个烟花升起，我喜欢叫它“亲情四射”，它像流星雨般把自己的光芒送到世界的每一个角落，那是我最需要的，却在我的一眨眼间，在最美的一刹那凋落了。

我打算去奶奶屋看电视，毕竟今天是大年三十，毕竟还有慈祥的奶奶。我悄悄移出屋门，不料正遇阴冷的爸爸，父与子，龙与虎，自然又少不了一场吵斗！

父：你！干什么去？

子：我想到奶奶屋去看电视！

父：看电视？就你？考了这么点分还想看电视？

子：可我已经考了第四名了！比上次进步了十六名啊！

父：你又自高自大！你就不会和全年级比？一个普通班的第四名在全年级能到多少名？告诉你，进不了全年级一百名，你就考不上高中；考不上高中，我看你怎么办？回屋学习去！就你那样，一看我就来气！

“我留着陪你，强忍着泪滴，有些事真的来不及回不去。”耳机也同情我的悲哀，诉说着这《最后的战役》，我忍着心灵的刺痛走回自己的房间，窗外的烟花已渐渐稀落，偶尔的一朵也离我很遥远。在周杰伦的歌声中，我开始编织那个梦幻的世界，那个小男孩，那片花丛，那阵阵的掌声，那串甜甜的笑声……

新年的钟声敲响了，我蜷在被子里，《最后的战役》正反复地唱：“泪水在战壕里决了堤……”

新的一年开始了，我是否能远离这一场场战争，远离这一次次疼痛，耳机仍红着眼睛，低声呻吟着“泪水在战壕里决了堤”。真的希望，刚刚爆发过的，是——

最后的战役。

（指导教师：陈致）

先行者

张岑

这是一个充满神秘与诡谲的地方。四周是阴森森的墙壁，身下是看不见底的恐怖黑洞。到处缠绕着藤蔓，黑暗处突然会窜出恐怖的怪兽，龇牙咧嘴，面目狰狞。当然，我的理智明白，这一切都是假的，因为这里仅是某市一个探险宫，即所谓“骗小孩子的地方”，但当你真正置身其境时，感官神经仍被极度刺激，恐惧陡地压倒理智，使你对眼前一切信以为真。

我坐在一辆单人空中缆车里，其实不过是一张靠背椅用两根钢缆吊在半空中，上不着天下不着地，四周漆黑一片，身下无底的黑洞张着大口，随时要吞噬你。我仿佛一条掉入茫茫深海的离群的小鱼，感到刻骨铭心的孤独。突然，一只巨大的蝙蝠在我眼前一晃，擦着我的头皮飞去，长空里传出一阵怪笑。没容我缓过气，身后就有人惊叫起来。

能见度极差，我只能看见前后两辆距我约十米的缆车。身后的缆车上是两个年龄不大的小家伙，不时发出小声尖叫，弄得我绷紧的神经屡受刺激。而前面缆车里的那位“先行者”，则始终沉默着，似乎对任何危险都不屑一顾。我的精神紧紧抓住他，这是我唯一的慰藉。他的镇定使我镇定，他的乐观使我乐观，我紧随着这位先行者、领路人，心情宽慰许多。每当有危险袭来，我总在想那位先行者。他第一个受到危险，因此更加突然，但他全然不惧！我也不那么恐惧了。听着身后小家伙的尖叫，我甚至有了些怜爱的心情。

先行者的缆车转过了一个光线较强的路口，我借着柔光看他，想看看这位勇敢的先行者到底是个什么样的人。

一瞬间，我呆了。

眼前的那辆缆车，是空的。车上没人！

顿时，我想狂叫一声，这个念头在我腹中搅动，但最终被我抑制了下去。怎么可能呢？车上的先行者呢？他刚才不是一直坐在缆车里吗？消失了？我只觉得一阵寒意涌至脊背，难道慰藉我的心灵，鼓舞着我前进的先行者是辆空车？我的精神失去了依靠，恐惧又笼罩住我。

缆车仍在缓缓前移，转眼我来到了那个光亮处，我一回头，忽然看见两个小家伙正以敬畏的目光望着我，和我刚才看那位先行者的目光一样。我顿时明白了，先行者并没有消失，他的精神还在，并融入了我的心中，我是新的先行者！

我静默了。从此，我眼前不再有人领路，我也无法依靠任何人，因为我是先行者。我自豪了。从此，我将慰藉身后人们的心灵，并领着他们前进，因为我是先行者。危险将第一个袭击我，并比别人大得多，但我应全然不惧。先行者总是受到更多的磨难，伽利略被终生流放，布鲁诺惨死于火刑，但他们永远受人尊敬！

一只丑陋的大猩猩向我挥舞爪子，我几乎纹丝未动；一条巨蛇猛吐红信，我只眨了眨眼皮。我身板坚挺，精神也直立着。我凝视着前方的黑暗，凝视着即将出现的光明。

或许当转过另一个柔光处时，那两个小家伙将惊奇地发现，我消失了，他们面前是一辆空车。但我的灵魂在向他们微笑，我的精神将融入他们心中，小家伙将成为新的先行者，领着人们向光明前进。

空车在前进。我在前进。小家伙们在前进。

特别行囊

任　飞

迈着沉重的脚步，我慢慢地走出医院，这里的医生告诉我："你的生命也许只剩二十四小时了。"天哪！一棵未成材的树苗难道就这样被狂风折断了吗？我不甘心。生命的书页就这样被翻完了吗？不，我不能向死神低头。

我要好好计划一下，去寻找人间"最宝贵"的东西，把它带上，为自己准备一个充实的行囊。这样，也许到了另一个世界，我能让自己更安心。

我独自来到大街上，人头攒动，热闹非凡。一个小姑娘，六七岁，手里抱着一个布娃娃，穿梭在人流中。突然，她被一辆自行车撞倒了，膝盖被磕破，鲜血流了出来，布娃娃也摔在地上，小姑娘哇哇地哭起来。我赶紧跑过去把她抱起来，送到了附近的诊疗所，这时小姑娘的妈妈赶到了。小姑娘有了妈妈的陪伴，再加上医生的精心护理，她渐渐地忘记了疼痛，一边玩弄着布娃娃，一边冲我微笑。我突然感觉我需要这种微笑，也许这是对爱心的回报，于是我把人间的真情——"爱心"和小姑娘的"微笑"装进了行囊。

不知不觉，我又向家门走去，父母正站在门口焦急地张望，他们把我扶进屋里，深情地说："孩子，出门在外，没有父母陪伴，什么事都得靠自己，不论做什么都要小心，不能由着自己的性子。"望着泪水涟涟的父母，我心头隐隐作痛：十几年来，我在父母的百般呵护下长大，让我感受了天伦之乐。但我从父母那里只是索取，从未尽一点做女儿的责任，我欠父母的太多了，我再也没有报答他们的机会了。对于他们，我只有愧疚、感激和尊敬。于是我把对他们的愧疚、感激和尊敬装进了行囊。

"丁零零——"电话铃响了，电话那头传来朋友清脆悦耳的问候，那亲切的声音提醒了我一定把"友谊"装进行囊，因为它是我成功的桥梁。在我孤独的时候，它给予我热情；悲伤时给予我安慰；无助时给予我帮助；困难时给予我力量。对了，我还应该把“坚强”装上，因为在一次体育课上，老师让我懂得了什么是坚强。有了它，我会在另一个世界勇往直前，不受任何阻挡。

拎着沉甸甸的行囊，我又来到街上逛逛，我想再次看看这熟悉的地方。看着蓝天、绿树、白云，呼吸着新鲜空气，听一听鸟儿的歌唱，我心情舒畅了许多。对，还应该把“好心情”装上……

突然妈妈气喘吁吁地向我跑来，“孩子，错了，错了！刚才医院打来电话，说你的病历跟另外一个病人弄混了。那个人已经……”妈妈的话语流露的不知是喜悦还是悲伤。

我听了妈妈的话，不知是哭好，还是笑好，只是呆呆地站在那儿，妈妈奔过来紧紧地把我搂在怀里……

这一次的“死亡”，让我的行囊更多了一份重量：珍爱生命，珍惜所有的好时光。

天地大同

周　鑫

爱因斯坦说：“宇宙是一个物质与时间的载体，两者极度扭曲会产生引力的最佳状态。”

霍金说：“宇宙有两种终极结果：要么不断膨胀，要么在一次崩塌中消亡。”

智者说：“宇宙正如棋盘，万物皆为棋子，得失皆和，天地大同。”

——题记

所谓智者，其智慧或许远不及爱因斯坦与霍金，然而他对宇宙万物独到的见解，却是如此绝妙。

我却不然。用食指和中指悄悄夹起一粒棋子，蓄势而上，在空中划过一道优美的弧线，宛如行云流水，“啪”—— 一声脆响，来自那亘古的棋盘，被震起无限尘埃……这便是围棋，柔美而又刚强，渺小而又博大，它包罗万象，只为——天地大同！

“啪”，又一声脆响，对手已展开猛烈的攻势。我仿佛回到了东汉末年，金戈铁马，烽火连天，逼人的杀气，预示着战事紧张。

“嗒”，我给对手以最严厉的还击，慷慨激昂，身旁惊起的鸟雀似乎看到了我眼中的盛气。时光似乎回到了几十年前，聂卫平横扫东瀛棋坛的洒脱缓缓浮现。是年少气盛，还是千世棋缘？想起读过的《三耳先生自传》，当年雄霸天下之气依然绕梁不去。心中征服之欲已起，再举棋，划过天际。

来去无痕，唯有棋影。不觉中，已到收官阶段，又仿佛已去千年。

无声无息，我落下最后一子——“我输了。”

“不，”智者出现了，“是，和棋。”

“不，……怎么可能？”我有点惊喜，语末的诧异让风声骤起，紧接着是严密地数棋子。

静，静，静，天地间只有棋子喘息的声音。

“没错，是和棋！”

“真乃神弈也！”智者感慨无限。

千百年来，围棋精英之战数不胜数，然无一局和棋。何也？因其变化之繁多，组合之精妙，已使小小的棋盘幻化为无限的宇宙。世上无人能将这无限的宇宙掌握自如，又何来和棋？

“难……难道说这便是失传已久的‘天地大同式’？”四周风声愈烈，宛如悲怆的《广陵散》，慢慢湮没每个人的心灵……一片死寂。

“何为‘天地大同’？”围观者中响起不同的声音。

“‘天地大同’是古人发明围棋之初设计的唯一‘和棋’棋法，只可惜后来失传。”智者顿了顿，“围棋套路之多，如宇宙之繁星，谁也无法掌控自如，百战百胜。只有和棋才是博弈的终极结果和最佳状态，宇宙亦是如此。”

风，戛然而止。天地瞬息间与棋融“和”。

我想起了那两位伟大的科学家，或许他们的理论是正确的，科学的。可是，真正的宇宙并非为人而存在，人只是茫茫宇宙中的匆匆过客，人心之和，才能带来宇宙之和。换句话说，棋局多变，人生坎坷，宇宙无限，都源于一个“和”字。想当初，聂老师横扫东瀛棋坛，到了“最佳状态”，如今中日两国之弈，还不是互有胜负？想当年，三国鼎立，魏、蜀、吴何等威风，后来还不是三国归晋？“青山依旧在，几度夕阳红。”

科学理论和人的思想很难完全一致，只要不是迷信，任何人的思想都有很大的价值。但无论如何，在人类永恒的探索过程中，“和”始终是人类思想的宇宙中一切事物的终极结果和最佳状态，也是人类孜孜追求的理想境界！

科学在不断发展，人类的思想也在不断进步。我希望自己是弈局旁的那位智者，等待着结束而又不代表终结的一步，等待两者“和”的终极结果和最佳状态，等待那失传已久的——天地大同。

（指导教师：吕新辉）

“五官病变”之诊治

张昌华

众所周知，人的“五官”乃口、舌、鼻、眼、耳也，它们各司其职，功能迥异，为人类不可或缺之器官也。但随着时代的变迁，人类的进化，现在却有越来越多的人的“五官”发生了病变，其具体病情如下：

病变一：口是心非

在当今社会，“口是心非”的发病率很高。其症状是：患者口中说出的话和心中所想完全不同，口里溜着须，拍着马，心中却无比痛恨别人。拿文人们的话说，那叫“口蜜腹剑”，用乡下百姓的话说，则叫“口里喊哥哥，手里摸家伙”。他们为求升迁，趋炎附势，极尽巴结吹捧之能事，千方百计地讨得上司的欢心。

病变二：油嘴滑舌

据笔者耳闻目睹，目前患有这种“舌病”的人也为数不少。其症状表现为：明明做了错事，他自已也知道错了，却偏不承认错误，百般抵赖，万般推卸自己的责任，自视聪明，油腔滑调，巧舌如簧，夸夸其谈。哪知“聪明反被聪明误”，欲盖弥彰，弄巧成拙，自陷泥潭，难以自拔。

病变三：嗤之以鼻

患有这种“鼻病”的人，其明显症状为：孤芳自赏，自命不凡，小事不愿做，大事不会做。他们的学识并不渊博，他们的品德不甚高尚，甚至没有一技之长，却偏要认为“世上万人皆下品，思量唯有自己高”。常常对别人指手画脚，冷嘲热讽。经初步诊断，这是由于患者见识浅陋，大脑思想混沌，但又傲气十足，导致鼻孔病变而引起的症状。

病变四：见钱眼开

“我可以和任何人过不去，干吗和钱过不去？”这是当今许多人的口头禅。这些人见利忘义，认钱不认人，仿佛钱比他的父母还亲！这也难怪，“世人都晓神仙好，只有金银忘不了”嘛！你听说过吗？还有“瞎子见钱把眼睁”的呢！倘若是盲者又患了眼疾，那钱可是灵丹妙药啊！可见这种病人之多之广，几乎遍及了整个社会！

病变五：置若罔闻

这种“耳病”往往发生在一部分“公仆”身上，他们在上司面前，点头哈腰，唯命是从，耳朵还比较好使。但在下属面前，他们的耳病就严重了，成天板着冷漠无情的脸，对群众的要求置若罔闻，熟视无睹，事不关己，高高挂起；对大家的正确建议充耳不闻，只一味地爱听歌功颂德的话。老百姓常常在背后指着他们的脊梁骨，愤愤地骂他们是：聋子的耳朵——作摆设、吃闲饭的！

由此可见，“五官病变”已经成为一个不容忽视的大问题，它的传染性强，发病率高，危害性大。如不及时预防诊治，任其传染蔓延，很快就会演化为一种现代社会的通病，故笔者揣着一颗赤诚的忧国忧民之心，寻遍祖国大江南北的各大医院，花“重金”聘请了全国数十位“五官科”的专家名医，分析病因，对症下药，他们经过认真检查，悉心研究后，开出了下列治疗处方：

一、患“口是心非”者，宜用“过真兑现”冲剂，配以“清脑汤”服下。

二、患“油嘴滑舌”者，可用“一针见血”清洁剂，洗刷口腔、刮除油滑的舌苔，每日三次，一周内即可见效。

三、患“嗤之以鼻”者，须用“眼低手高”治疗仪、配合服用中成药“虚心丸”，来矫正患者的“眼高手低”症。

四、患“见钱眼开”者，应用“君子爱财，取之有道”明目液，每日数次滴入眼中；注意——凡贪官贪心者，须比常人多治三至五个疗程，方可痊愈。

五、患“置若罔闻”者，此乃慢性疑难杂症，也需慢慢治疗，心急不得；专家建议——此类患者最好向所在单位申请“病休”（别紧张，不是“下岗”）。

张爱玲，你的名字叫才女

王耀伟

真实的东西让人刻骨铭心，虚幻的东西让人醉生梦死。那么，什么东西可以达到这样的效果呢？是张爱玲的作品。我对好多作家作品的感情都从狂热归于平淡，不过，对张爱玲作品的感觉却始终如一，但这似乎又不在于她的作品，只在于她这个人。她好像是一个魔鬼，给我布下了一个圈，我透过这个圈，总能看到她的脸。她的淡漠挑衅着我，我闭上眼睛，就看见沐浴着古朴、华丽、阴暗的底色的房子里的她。

她穿着像用鲜艳油墨泼出来的衣裳倚在长凳上，卷曲的长发从肩上洒落下来，那双超现实的鞋子轻敲着地板，奏着柔美、冰硬、热烈、冷漠的音调，她涂着蓝色的眼影，脸上抹着朝霞般艳丽的红晕，玫瑰色的嘴唇低喃着。她的头伏在胳膊上，慵懒得像一只猫。外面的世界炮火连天，但这儿是一片宁静，肮脏的战争欺凌着苍白的民众，这个女人用她近乎冷漠的笔墨抹去了苍白布景上的一点一点肮脏。潮腻的安静，灰暗的祥和，肮脏窒息的气味围绕着她，青春、热情、幻想、希望一闪即逝。这似水流年，不过才是一天。一些小事，就可以让人高兴一上午、一整天，或是一生一世，这人生到底是什么？她思考着，躺在那里，猫一样的眼神闪烁出犀利、迷惘。

分不清是黄昏还是曙色微露时，摸索、摩擦、进攻都结束了，只剩下一片虚无，无限怅然。她摸索着墙根，这里曾有过去天荒地老的誓言，然而现在这寂静的死气、苍凉的点缀都预示着结束，她终究还是懂得了几个人分享一份爱情的残酷。爱是双重利己主义，她是一个自私的女人，他也是一个自私的男人，那还奢求什么，这不幸的爱情还有什么幻想的余地？

她的心堵得发慌，思想的火山顷刻间爆发，“倾城之恋”，多么贴切的名字。流苏是病态世故的，范柳原是虚伪枯涸的，这飘滑、挑逗、疲乏、困倦，空空洞洞的仿佛一座雕刻精致的翡翠宝塔，没有坚厚的基石，终究要倒掉。这不正是她盲目追求的爱情吗？不正是高尔夫与威士忌中间调剂的爱情吗？这是一幕辛酸的喜剧，骨子里的贫血，充满了死气，这样的一气呵成造就了这样的倾城之恋。这是一次血样冷酷的突破，她要彻底离开那个占去她大半生命甚至以后还会影响到她的男人，却只轻轻地对他说一声："我不喜欢你了！"她是乐观的，多么让人心疼的乐观啊！

她是那个旧社会最绚烂的一笔，她的光彩不是灼人的热，充其量只是苍白、淡漠的一颗珍珠，却总能发出异样的光芒。

我家里有一张她的旧照片，泛黄、发黑，好像一堵裂开许多缝的墙，很容易让人想到天荒地老。我不相信有什么可以是永恒的，可是看到她淡漠的眼神、卷曲的长发，却会有这样的震撼。我不知道为什么，就像我不知道家里为什么会有她的旧照片，不知道她和我有什么样的渊源，但我知道我的血管里有异样的血在流动。

（指导教师：崔益林）

聆听花语

李若楠

总是很喜欢花，不是因为那粲然的美丽，也不是因为那醉人的花香，只是因为欣赏。用心谛听，你会发现，每一朵花，都暗藏着一个故事。

牵牛花

它不甘于匍匐在地上，所以从出生的那一刻起便开始了攀登。

天刚亮，它就收拾好行装，一刻不停地向上攀，向上攀，全然不顾阳光灼伤了它娇嫩的皮肤，雨滴打花了它美丽的妆容。每向上一寸，它都强忍着剧烈的疼痛。暗夜里，它在半空中翘首，仰望头顶的天空，寒风肆无忌惮地撕扯着它。慈爱的大地母亲在下面焦急地呼唤："回来吧！我的孩子——"然而它明白：如果倒下去，等待它的只有死亡，所以，决不能放弃！

几天后，我们看到了它开出的美丽花朵，羞怯而圣洁。

于是，我们明白：向上攀吧，向上攀吧，在更高处，有地面看不到的绚丽风景。

仙人掌

上帝待它如此不公，只给了它一团绿，一把针。

它的日子，大都在唾弃与鄙夷中度过，因为它不但不会开花，还经常会刺伤人。但它毫不理会，只是将这一切埋在心中，酝酿成昂扬的动力。

瘦小的它愈加丑陋了，暴露在骄阳下，无人理会。只有阳光知道，它从不允许自己的灵魂颓废。于是——

有一天，满脸皱纹、坚硬带刺的它竟然有了花朵！那是怎样的花朵呀，金色的花瓣，光彩夺目，连美丽的蝴蝶都感到羞愧。

于是，我们明白：不要介意别人的眼光，只要信念不倒，就一定会取得惊人的辉煌。

昙 花

千年迷梦醒来，上苍却只给它瞬间的疯狂。

轻轻地浮起一个温柔的笑，独自感受着清凉月光的抚摩。一室的甘露，悄无声息地渗入它的躯体，凉凉的感觉，甜甜的滋味。

它展开雪白的舞衣，开始不停歇地轻舞，跳啊，跳啊，跳啊！热血在身体里沸腾，灵魂在夜空里狂舞。风骤起，它衣袂飘忽，宛若仙人，美不可言。无人赞叹，无人欣赏，只有月光下她自己孤单的身影。它忘却一切地舞动，风华绝代。尽管清楚地知道在长夜的尽头，生命会凄美地结束。但它无悔，因为它曾努力地绽放过美丽。

于是，我们明白：如果你忍受不了寂寞，那么你将荒芜自己的一生。

每一朵花，都诠释着生命的真谛。常留点空闲，放松心情，聆听花语，心灵会因此变得更加空灵、澄澈。

（指导教师：宋淑华）

天下兴亡，匹夫有责

周睿璇

一

你走的那个黄昏，残阳如血。在悲凉的击鼓乐中，你踏上了刺秦的不归路。你身后的芦花在萧萧寒风中瑟瑟作响，为你送行。燕国的美人儿穿过芦苇涉水而来，可你没有回头，因为你知道自己肩负着拯救燕国的重任。你毅然拒绝了佳人的柔情，猛挥一鞭，马儿逆风长嘶，绝尘而去，天地间只留下一曲绝唱：“风萧萧兮易水寒，壮士一去兮不复还……”

你真的没有回头，在最高的权势面前，在森严的大秦宫殿里，你轻轻倒下了，像雨中的一片花瓣，像风中的一根枯草。

历史的车轮辗出岁月的痕迹，你的名字铭刻在人们心里，因为你把那颗责任的种子播撒在了世人的心里。

二

你一袭红衣，在华盖下显得楚楚动人，手中的琵琶拨弄了几个春秋，却总是那首不变的思乡曲。“绝世王嫱悲久去，千秋蔡女竟归来。”蔡女都能归来，而你却永无归期。

犹记当年，精致的花冠装饰着你长长的黑发，飘逸的嫁衣点缀着你动人的容颜。在亲人送别的泪眼里，在匈奴人的欢呼声中，你推开了边塞的大门，消失在茫茫夜色中。

你独倚青梅，听着南迁大雁的哀啼陷入了沉思。成为大漠之王的宠妃岂是你的初衷？可对国家的赤子之心让你别无选择。你用水样女子柔嫩的肩膀，扛起了生离死别、刀光剑影，扛起了倾颓的汉室，扛起了挽救民族于水火的责任。

你因美丽的容颜倾倒了江山，感化了匈奴，你也因为肩负着重任而得到了无数人的敬仰。

三

挥一挥衣袖，作别西天的云彩。

明天，你们就要永远离开脚下的这片土地，离开生活了一辈又一辈的青石板路，离开在眼前耸立了万年的神女峰。熟悉的滔滔江水也只能在以后的梦里流淌，还有那听惯了的船工号子也只能交给记忆去聆听。

脚下的这片土地将永远沉没在长江之底，李白笔下的“两岸青山相对出，孤帆一片日边来”的画面将永远不复存在，还有那古栈道、白帝城……滔滔的江水将藏匿无数的历史，却藏匿不了那份沉重的怀念，它将永远陪伴着你们走完漫长的人生路。

这是一次史无前例的搬迁，这是一次举世瞩目的移民。当有人问：“你们舍不舍得离开？”你们说：“我们离开了，长江中下游平原就不会再有洪灾了。”朴实的话语掷地有声，因为它传递着一种“舍小家，为大家”的精神，是一种高尚的责任意识。责任的力量让你们把个人的情感与对家乡的怀念埋藏在心底，就让明日的朝霞把你们离去的背影最后一次留在即将离别的故土上吧。

顾炎武说：“天下兴亡，匹夫有责。”陆游说：“位卑未敢忘忧国。”我站在历史的长河边，细观河边的沙石，每颗沙石上都镌刻着责任的印痕，每一个印痕都闪耀着责任的光芒，每一缕光芒都刺痛着人们的眼眸。

（指导教师：周建军）

第二部分

心灵的悸动

在生命的旅程上，我们是永恒的寻路人。在相同的起点、相同的终点之间，却留下不同的足迹。每一段足迹蕴涵着的意味，也许激越，也许恬淡；也许圆满，也许残缺；也许平滑，也许崎岖——但我们都回不到原点，因为我们总是在路上。

——黄加《成长的轨迹》

茶 事

蔡昭苏

记得在很小很小的时候，就常看见大人们拿个并不大的茶壶，弄个小得连一口水都装不下的茶杯，围在一起喝茶。看他们满足陶醉的样子，我也尝试着喝了一杯。这一杯，让我从此对茶充满了厌恶。

我不理解为什么竟然有人喜欢喝茶。在我看来，那苦涩得与中药不相上下的液体是根本无法下咽的。可爸爸却不这么想。爸爸喜欢喝茶，十分喜欢，喜欢到每天都喝，喜欢到不得不喝，喜欢到无法自拔，那种喜欢，一直蔓延到骨子里，仿佛过了几个世纪也不会改变。

我不止一次地问："爸爸，你说这有什么好喝的？比橙汁可乐雪碧芬达差出多少？"爸爸不说话，眼神中透出一种不容侮辱的严厉，我便不再问。我害怕这种眼神，尤其是从不发火的爸爸露出的这种眼神。我只能在阳光明媚的午后或是蝉声不断的夏夜看着爸爸用丁点儿大的茶杯一边与人聊天一边不厌其烦一杯一杯地咽下各种各样的茶。周围的小孩儿也没有一个人喜欢这种"饮料"。这也并不奇怪，本来嘛，茶并不好喝。而且，看小孩儿端着个茶杯也是件怪异的事。微苦的味道以后可以有很长时间去品尝，为什么要在小时候就咽下这充满沧桑感的液体呢?

谁也不会想到，我竟然会爱上茶。

那是一次去爬山，我在咕咚咕咚灌下自己所带的两瓶可乐后，面带犹豫地把手伸向了父亲的茶杯。在喝下两口后，立即不觉得口渴了。细细品，也不觉得有多么难喝，竟也透出一种奇异的甘甜。

我就这样爱上了茶。我终于明白这种液体的魅力所在，也终于明白了十年前就有的疑问。茶，并不像一般饮料那么甜，甚至在刚入口时有一丝苦涩，但细细品，就会品出一种奇异的难以形容的甘甜，甜得深厚，甜得让人一下子迷上它就再也无法放弃。这种甘甜，比那些饮料好上千万倍。它没有那些饮料的张扬浮夸，只余下沁人心脾令人心醉的甘香，仿佛是沉淀了千年的香气，是古老的华夏文明留下的一种香甜。

如今，当年迷惑不解十分厌茶的我，也开始同父亲一起拿起茶杯，一边品茶，一边同父亲谈笑风生。茶的朴实无华，茶的清香淡雅，茶的浓厚香甜，茶的醇香美妙，都足以令我沉醉。

也许在很久很久以后，我也会看着还不明白茶的韵味何在的小丫头，轻轻皱眉或淡淡微笑，然后品一杯雾气缭绕散发出淡淡清香的铁观音，满足地在阳光中，让笑容爬上眉梢。

（指导教师：唐耀杰）

落泪于生命之爱

刘 羲

我手忙脚乱地把油锅烧热，“嗞——”的一声放进了鳝鱼。

扣下锅盖的一刹那，锅里所有的鳝鱼都痛苦地昂起头，如蛇般扭动着，天啊！我好残忍。

我嘟囔着：“阿弥陀佛，善哉，善哉。”不一会儿，锅内没了动静，满怀愧疚的我揭开油锅，暗暗祈祷：“上帝保佑，让这些被迫命丧油锅的亡魂们好好安息吧。”

油烟升腾，模糊了我的视线。

但是，不得不承认，我看见其中一条鳝鱼，在极力弓着腰，像是怕烫着它那花白的圆肚皮。再瞧瞧其他几条，早已把身子蜷成一圈，尖尖的脑袋被层层地圈在正中间。

我愣住了。鳝鱼啊，你在仇恨我吗？在用一种极端的生命姿态发泄仇恨吗？

我小心地把它挑起。可怜的鱼，头和尾部因为支撑弯着的腰而被烧得焦黑，只有那圆肚皮没被烧到，发出刺眼的白光……仿佛有什么秘密。

我好奇地用刀小心将它剖开。刹那间，我惊呆了，热泪簌簌落下，因为，我发现了一种不平凡的爱：生命之爱，就在那鳝鱼的肚子里。原来，那鳝鱼的圆肚皮里有一团小小的卵！天啊，多可敬的生命！为了保护腹中的小生命，鳝鱼妈妈用一个弓着的姿势，为腹中的小生命撑起了一条生命的弧线。

多么凄美的生命！我想：那弧线一定是世间最美、最坚固的堤！

这位母亲的姿态永远定格在了我心中，虽然，我不懂它的语言，但我肯定，她的眼泪一定滴落在滚烫的油锅里。那泪是灰烬里的火种，永远闪着不灭的光。

（指导教师：邓晓辉）

飞蛾扑向光明之后

赖婧颖

“在很多时候，你眼中的光明，不过是盏不起眼的小灯。”

太阳还没升起的清晨，薄雾依稀，在挂着重重窗帘的黑黑的小屋里，我在纸上胡乱地写下了这些字眼。身边有几只小飞蛾，绕着黄盈盈的小灯，疯狂地飞舞撞击着。它们扇动着纤弱的翅膀，一次又一次地朝小灯撞去，又被重重地弹回，然后再次冲击。这些可怜的小东西，脸上写满了义无反顾的神情，执着地向着它们眼里以为光明的东西。尽管，我的那盏小灯不过只有几层薄薄的光而已。

我默默地注视着越聚越多的飞蛾，我的灯似乎要被它们撞灭了。哦，不可以，于是我起身端来了一盆清清的水，放在灯下，这是长辈们教给的方法，只要有了这盆水，飞蛾们也就活不长了。

灯把影子投到水中，那水里几乎立刻就有了一个亮亮的小灯，摇摇晃晃，伴着几分水的妩媚，在屋子里闪着天真的光芒。小小的飞蛾无暇去分辨真假，便飞来迎接另一个“光明”。它们在水面上飞飞落落，终于被那道“光”缠住不放，无声无息地去了。

水面上很快浮起一些小小的尸体。

“在很多时候，你眼中的光明，不过是水中美丽的骗局罢了。”伴着又一只蛾子纤弱无力的飞逝，我写下了这个句子。飞蛾的残骸在水中越来越多，成了白花花一片，打着旋，我几乎看见狡猾的水冲我眨了眨眼。呸，我终于感到恶心，把水端去倒掉了。

回到桌子旁，我坐下来，看着还没被涂满的稿纸，咬了咬笔尖，“刷”地拉开窗帘。灿烂的阳光顷刻充满了房间的每一个角落，我的床，我的被，我的枕头，我的书架……我的一切的一切都感受到了阳光的味道——暖和、亮堂。

侥幸活下来的唯一一只飞蛾，这会儿茫然地盯着整片整片的光，不知所措，竟忽地栽到桌子底下去了。我摇摇头，在纸上写下了今天的最后一句话：“在很多时候，你眼中被忽略的才是真正的光明。”

的确，有多少次，我们把自己心之小屋弄得一片黑暗。然后，又像傻傻的飞蛾一般，不知死活地去扑火，又或是在水的骗局里醉生梦死，直至生命结束。我们自以为是拥着光明死去的，殊不知，黑暗在窃笑，光明在流泪。我绝不会选择做愚蠢的飞蛾！

扔下笔，推开门，我要去拥抱光明！

老　屋

王铭明

我不知那排老屋的存在究竟有多长时间了，只觉得它已很老，大概和与它只隔一条小路的兰台书院一样古老吧！可它没有兰台书院的名气和盛誉，有的只是孤寂和沧桑，像一位饱经风霜的老人，默默地为我们做着点什么。

老屋曾经是教室，可就在这简陋的教室里，走出了一批又一批的学子。后来，学生们都走了，在读的也搬往那雄伟气派的新校舍，老屋一下子空了。它似乎变得沉闷起来，再也听不到那朗朗的读书声，再也听不到往日的喧闹声。失去了生气的老屋更加苍老了，经过无数次风吹雨打的墙壁伤痕累累，还不时掉下几粒石灰，如同老屋忧伤的泪滴。

老屋前后是一片郁郁葱葱、花红柳绿的世界。在人们的眼里，老屋似与周围的环境格格不入，况且老屋再不能发挥作用了。终于有一天，老屋的末日到了。许多工人围住老屋，挥起硕大的斧头，叮叮当当地凿着，凿在老屋身上，也凿进它那颗受伤的心。亲眼看见两位工人抡起大斧，拼命捶向那破旧的门，“啪——”门连着门框一起倒在地上。他们又抡起罪恶的斧头，对准了下一扇。仅半天，老屋就变成了空架子。

我的心忽然有些酸涩。

下午，老屋的瓦片也被一片片摘下。我想起了《快乐王子》中燕子把王子身上的金片一片片叼下的情景。可燕子是在救济弱者，工人是为了什么？

一日，我们正在教室上课，忽然外面传来“一——二——三——嗨哟！”的号子声，随即是一声沉闷的巨响。下课跑出去看，我不由得惊呆了：一堵堵墙在号子声中，在狠命地捶打之下，轰然倒地，接着便腾起一阵阵白烟。烟雾笼罩着天空，迷迷蒙蒙。我茫然地站着：老屋，你还不等我看你最后一眼，怎么就倒下了呢？

又一声号子使我回到了现实，我突然神经质般的被工地的热火朝天吸引了，竟帮着工人们加油助阵！我全然忘了一切。良久，我似乎听到一个声音在说：“你难道没有听到，老屋正在呻吟？！”我一阵愕然。

是啊，老屋，你已经要消失在这个世界上了，我为什么还要幸灾乐祸呢？

……

当我再次走过那里，老屋已不见了，连同它的欢笑，它的悲哀，它的寂寞，它的遗憾，全都化成废墟。可是，在废墟深处，在心灵深处，我分明听到了老屋的哭泣——一个饱经风霜的老人的哭泣！周围，一切寂然。只有那唯一一垛还未倒下的侧墙，像一座高高的丰碑，在风中矗立……

品尝幸福

俞　坤

爷爷来电话说："后山的茶叶又可采摘了……"从爷爷来电话的那一刻起，我的心情就像江面上的浪花，此起彼伏。

记忆中，那些渐次模糊远去又似曾相识的画面被清淡幽逸的茶香轻轻一点拨，竟清晰地定格成一幅翠绿满山的画面。对屋后小山顶的回忆也完全因为它的存在而变得流连忘返。屋后小山顶上有一株高高大大的茶树。也不知是爸爸的爷爷，还是爷爷的爷爷在后山栽下的。村前村后大大小小的茶树都对它望尘莫及。后辈从它那里拾去茶籽，种到山前屋后，哺育了一片又一片茶园。老茶树就像一位饱经风霜的老人耸立在小山上，一年又一年，用它那布满皱纹的双眼注视着小村的发展趋向。

谷雨是采摘茶叶的时节。在墨绿的茶叶中伸出一片二片浅绿色的嫩叶。几天之后，嫩叶多了，翠绿翠绿的一大片，散发出一缕缕淡然而清新的幽香。

那些日子，夜幕降临时，家家户户都忙着制茶叶。站在锅前，看着大人们那熟练的翻炒动作，闻着不时飘出的阵阵清香，真忍不住要亲手试一下。渐渐地，慢慢地，茶香飘满了整个屋子。月光从窗棂上透过，照在乡亲们的脸上、身上，疲倦了一天的乡亲们都歇下来，冲一杯茶。茶叶在沸水中翻腾，渐渐舒展，沉没于杯底。于是，人们三五成群，坐在婆娑起舞的老茶树的树荫底下，谈论茶经：尝尝我的"螺虫丝青"，品品你的"碧螺春"，喝一口"高山云雾茶"，论一回新近取名的"铁观音"……夹杂着乡间俚语，掺和了烟土盐味。

淡淡然，在月色流泻的中天，劳动了一天的人们于是回到了自己的热炕上，做着甜甜的梦……

生活中，正是茶的清香使许多人不知疲惫。爷爷说：“种茶、摘茶、制茶都只是为了品茶这一仿入仙境的过程。”大概是吧，质朴的人们认为只有在品茶的时候才是在享受幸福，品尝人生。

清清月夜

李　香

柔柔的月光溶进清冷的夜风，几分情调，几分诗意，惹得月季仙子悄悄打开闺门。丝丝清香，丝丝甜蜜，汇着这月光与清风，飘满今晚的夜。

静静坐在月季花树下的台阶上，我托腮，凝眸着那月。月，真像那深海的一颗明珠。我仿佛看到东海的绿波将它传神的光辉通过星星点点的珍珠铺成月光路，流进它体内。月儿落了，明早也许就成了露珠……

这多情的夜晚，总会使我感到似在梦幻的仙境。

帘卷西风，我似乎看到那“人比黄花瘦”的李清照，“独自守着窗儿”在“梧桐更兼细雨”的黄昏，等待离人的归来。哦，这闺阁中的多愁善感的诗人，总被“剪不断，理还乱”的情绪围绕着，真恐那双溪的舴艋舟，有一天会载不动她许多的忧愁……

我缓缓地吸一口夜风，收回李清照带去的那几多伤感。

“天生我材必有用，千金散尽还复来。”我寻声探去，哦，是那恃才傲物的李白在“举杯邀明月，对影成三人”呢。是他清高的性格，使得他一度在官场失意，可叹那杜甫又是《梦李白》，又是《天末怀李白》，思受“死别已吞声，生别常恻恻”的痛苦，只得在“三夜频梦君，情亲见君意”了。

那诚挚的友情，燃烧着今晚的夜空，烧断了李清照留下的离愁思绪。

风中几缕柳枝拂起我的衣衫，我又看到了“渭城朝雨浥轻尘，客舍青青柳色新”的客店边那两个依依的身影。

我不禁万分羡慕起“斜阳照墟落”“雉雊麦苗秀”中的王维。羡慕那“春来便是桃花水，不辨仙源何处寻”的仙境。

“明月松间照”爱极了此样的夜，此样的心境，此般的梦幻……

（指导教师：景学）

心灵的悸动

周卓林

黄昏，我们排着长长的队伍去看蝴蝶标本科普展。走入展览馆，扑入眼帘的是五彩斑斓的颜色，五花八门的造型，顿时令人眼花缭乱。在里头逛了一个多小时，回家后，我死死地盯着家里的蝴蝶标本，竟默默无语。

唉，蝴蝶，蝴蝶……

我突然想起很久以前的一件事。那一次，我与同学们在野外捉蝴蝶，我们用一只破风筝把四处飞舞的白粉蝶打落到草丛间。当我们准备用树叶去拈落入草丛的蝴蝶时，我被眼前的情形惊呆了。一只蝴蝶，不，是两只，不对，应该是一只吊住另一只还不能展翅的蝴蝶飞了起来！蝴蝶，蝴蝶！它们也懂得情谊吗？我怔住了，真不敢相信！蝴蝶尚懂的东西，难道人还不懂吗？我呆呆地望着它吊着同伴，吃力地飞远了。从此，我再没捉过蝴蝶。

唉，标本，标本……

我又想起曾经读过的一篇写枯叶蝶的散文，想起枯叶蝶的命运。它们越是为防御敌人而伪装，越是想骗过人们的视线，就越多地被捕杀。因为它们那精巧逼真的伪装——枯叶纹，不得不让人感到惊奇、喜爱。于是，大量的枯叶蝶成了标本、商品，摆在人们眼前，供他们观赏、购买。枯叶蝶连同它美丽的枯叶纹，在自然界中正不断走向绝种，而这种逼真的枯树叶，却大量生存在人们的标本馆中！

唉，生命，生命……

在这标本展览馆里，有多少可爱的小生灵啊。可它们还算生灵吗？那些呆滞的造型、刻板的花纹，也算生灵？蝴蝶为什么美丽？因为它们有生命。生命才是最美的！而那些被定在框子里的标本算得了什么！它们不过是空有一副躯壳、没有灵魂的标本。展览馆里也有活蝴蝶呵，它们被罩在笼子里，它们是生命吗？它们早已失去了自然的灵魂，它们只等于会动的标本。蝴蝶真正的生命，在大自然中！

……

这天之所以难忘，因为我模模糊糊地看懂了生命。

成长的轨迹

黄　加

生命的轨迹，细腻而蜿蜒；而成长，对于每个人来说，都是甜蜜而痛苦的。因为有太多的不解与困惑；太多的任性与执着；太多的烂漫与思索。

——题记

笑靥如花

呱呱坠地的时候，咧开小嘴，肆无忌惮地哭了出来，惹得母亲心疼不已；咿呀学语的时候，摇摇晃晃，第一次含糊不清的言语，让父亲笑逐颜开。

总在妈妈拍铃鼓的时候，跟着节拍把小手摇得比拨浪鼓还勤快，并伴着一串比鼓声更清脆的笑声；总在爸爸按下快门的时候，眼睛水灵水灵的，附送着一个可人的笑靥。

总在跌倒以后一边哭，一边等待身后的大手轻轻稳稳将我们扶起；然而，忽然有一天，他们开始袖手旁观，我们便只能在哭过、怨过之后，自己站起来，走自己的路。也许只有在多年以后，面对自己的孩子，我们才能彻底领悟那未曾读懂的隐在父母眼底的怜惜、不忍与欢跃。

于是我们不再疾行，试着缓步于他们的视线中，感受一路上新鲜的景致，以及身后的依靠。因为稚嫩，所以不会担忧：假如某一天，他们不再关注，我们该怎么办？

在学会忧虑的一刹那，我们开始真正地长大。而他们，一直不曾离开，只是远远地观望。

很久以后，当我们偶然翻出当初那张笑靥如花的照片，我们仍然会心微笑，体会他们的用心良苦，产生一种想拥抱他们的冲动。

猛然回首却发现，我们唯一给他们的馈赠，竟然是满头银丝。

思绪如风

打起伞，让身影似有似无地融入雨中。天，其实并非阴沉，往事只是婉约如矜持的年轮，恋恋不舍地轻碾而过，留一串痕迹浅浅地浮在岁月的潭面，回忆使它久不消褪，和这雨里夹着的风有几分相像，浓淡相宜地拂过岁月的潭面，点起圈圈人生的涟漪，溅起朵朵思绪的浪花——拂不去的波澜，挥不去的清凉，这大概就是年轻的思绪。

年轻的感觉，就像竹筏行于水上，任风雨挥洒出朦胧的思绪。

年轻的时候，自由如风，飘逸如雨。

岁月如梭

想起岁月，便想到了七巧梭。

梭子锋利，岁月也是这样罢？

脚步匆匆，蓦然回首，曾经拥有的早已匿迹于沧桑的往事中，勉强挽留的亦将转瞬即逝。那些冬日微雨里朦胧在伞下的记忆，早已定格成心灵暗角里虚弱的影子。

岁月的锋芒愈加凌厉，不觉又过一年。

暮年如酒

忽然发现年迈的爷爷奶奶不知从何时起已经坐在阳台上，静静地看夕阳落下。

昔日那个扬言要在澳洲沃土上做个快乐农场主的爷爷，那个每日嚷嚷着要闯天下的爷爷，那样憨态可掬。

静静地看夕阳，并不需要原因——只是喜好。

他们确实老了，可无意修改曾经的执着。

爷爷奶奶的日子依然平淡，闲来摆弄几盆花草，抚养几只小鸟，切磋几段太极，棋画诗书，年轻时无暇顾及的情趣，全都盎然于生命的黄昏之中了。

再看夕阳，已经隐匿于云海苍茫之中，寻不着来踪，觅不着归处。

于是一切了然于心。不近黄昏，如何能体会这夕阳的无限美好？

暮年如酒——是一种意境。

在生命的旅程上，我们是永恒的寻路人。在相同的起点、相同的终点之间，却留下不同的足迹。每一段足迹蕴涵着的意味，也许激越，也许恬淡；也许圆满，也许残缺；也许平滑，也许崎岖——但我们都回不到原点，因为我们总是在路上。

阳台上的“绿色精灵”

赵　晶

小小的阳台是我的乐园。阳台上，一盆盆美丽的花草拼成一幅生动的图案，一串串绿色的音符汇成一首动听的歌。

清晨，我在阳台上读书写字，缀满露珠的含羞草会悄悄送我一串晶莹剔透的项链；中午，我在阳台上唱歌跳舞，摇曳多姿的波斯菊会亲吻我红扑扑的小脸；傍晚，我在阳台上构思作文，洁白芬芳的茉莉花会不知不觉走进我的童话里。

天天面对这些美丽的花草，慢慢竟觉得自己也像花儿一般芬芳美丽，生活也像花儿一样多姿多彩。

记得那个清晨，红太阳笑挂天边，妈妈不知从哪儿弄来一株毛茸茸的仙人棒。她柔长纤细，阳光下浑身的小刺一抖一抖，像眨巴着的无数只神奇的眼睛，因此，我给它取了个好听的名字——“绿色精灵”。我如获至宝，欢喜得忍不住用手指凑到她跟前比大小——她才跟我小手指一般大！我小心翼翼地把她移植到花盆中，瞧着她弱小的样子，真担心她不能成活。那天晚上，可恶的老鼠也来捣乱，竟然在花盆里打洞，把她柔弱的细根刨了出来。第二天，我含着泪水又把她的根埋好，妈妈说：“不用难过，仙人棒有极强的生命力，只要适当地给她浇水，让她多晒太阳，她就会活过来。”于是我就按时给她浇水，让她多晒太阳，并朝夕与她相伴，还把心事一股脑儿告诉她。我问她想不想妈妈，我给她讲花仙子的故事……她似乎懂我的心意，乖乖地挺起毛茸茸的头，一个劲地长高长粗。没过多久，就长出了一个又一个圆滚滚的小笋笋，让我感到既新奇又安慰。后来，她的小笋笋也开始长高长粗，而且茎上又长茎，笋上又长笋。

日子一天天过去，她的绿色成员越来越多，后来竟满满地簇拥了一大盆。看“绿色精灵”这么听话，我开始写观察日记：“这群小精灵彼此紧密团结，蓬勃地生长，绿得十分可爱，但也有点美中不足，就是老不开花……”写到这里，我想起自己参加作文竞赛至今没有消息，心中有点闷闷不乐。可看看这群“绿色精灵”，她们依然平静地站在花盆里，虽沉默不语，却充满生机。她们也在想心事吗？在积蓄力量等待什么吗？

四月中旬，仙人棒的绿色成员身上突然起了许多黑褐色的小疙瘩，而且越长越多，越长越大。我想一定是生了虫，急得不知如何是好。怀着不安的心情到了学校，没想到那天学校开颁奖大会，会上校长宣布我的作文获了一等奖。我喜出望外，揣着证书急忙往家奔。一路上我只想把这个好消息第一个告诉我阳台上的那群好伙伴。

急急地推开阳台的门，我简直惊呆了！平时只有单调的绿色的阳台上此刻是一片火红的美丽。仙人棒居然开花了！满盆的花灿若红霞，一片炽热！我狂喜地急急走近，一气数来，足足有四十九朵花。其中二十八朵已灿然绽放，其余的正微启红唇，含苞待放。每朵花的中间都有一支黄色的花蕊，周围由六片纤巧的红色菱形花瓣包围着，这些花瓣弧形相连，优雅而巧妙地重叠在一个平面上，色如红唇，质如丝帛。花的下面，一支支深褐色的花柄喇叭状伸出。看着她们灿烂的笑脸，我突然明白：以前所有的铺垫和积累，原来都为了这一刻的美丽而准备。无数深情的倾注与殷勤的守候，只为这一时的华美与辉煌！

（指导教师：易飞平　文武）

雨忆墅园

柏 卉

我漫步在门前的小径上，天上忽然下起了小雨。这雨细细的，像雪花儿一样纷纷扬扬地从空中飘落下来，它轻轻地抚摸着我的脸，让人顿生一种快意。这雨毫不张扬，却包含着内在的、含蓄的美，使人倍感亲切。这感觉似乎在哪儿有过，我进入了沉思……

那是多年以前的事了，我六七岁。那时还没有什么未来世界、宋城之类的大型娱乐设施，我一有空闲，就和父亲一起，去离家不远的一个公园玩。虽事隔多年，但名字依旧记得很清楚，叫“墅园”。

这是一座古老的江南园林式公园。因多年没有修补，招牌并不耀眼，甚至让人难以察觉到。

墅园千百道风景中，最难忘的要数赏荷了。盛夏时分，莲池中满是新绿的荷叶，一簇簇如大圆盘一般，密密地挨着，有的亭亭玉立在水中，有的婉转靠在水边。在“接天莲叶无穷碧”的荷池里，架着依水或临水的小桥，人行其中，仿佛走在莲荷丛中。这景致，倒很像曲院风荷了。但墅园荷花也有它的独到之处。曲院荷花似“酒醉”般别样艳丽、妖娆；墅园之荷则如清茶一般，清新自然，要细细品味才能体会到它的魅力。

墅园赏荷，不仅仅是在晴日，月夜或细雨时，也有不同的乐趣。月夜赏荷，晚风习习，明月高照，望着满池天使般的荷花，如登仙境，格外清新雅致。而风雨中观荷，则另有一番意趣，从小楼上俯瞰，荷花就如在细雨中翩翩起舞，有着清代诗人许承祖“白云一片忽酿雨，泻入波心水亦香”般的唯美意境。

若是初春清晨来墅园，就另有一番风味了。风拂柳丝婀娜起舞，如青烟，如绿丝，飘忽游移。而那间隔在柳树之间的桃花，却喷红吐翠，分外妖娆。走在幽静的小径上，忽然传来几声婉转的莺啼，春意便更浓了。

墅园，它可圈可点之处远不止此，小桥、流水、竹径、春花……它的每一处都会带给你惊讶，带给你震撼。

墅园，它并不招摇，它就像一股清泉，清新而自然，却把它的魅力深深地渗透到每个人的心中；墅园，它并不妩媚，它就像一朵未开的白兰花，羞涩而唯美，只是用一股淡淡的幽香，把人醉倒；墅园，它并不遥远，它就像一个幽雅的江南女子，含笑望着你，就在你身边，等着你来欣赏，来品味……

如此的墅园，怎能令人不留恋？即使它现在不复存在了，无数的高楼大厦在它之上矗立，又有何妨？因为墅园，一直在我心中，它的美，它的气质，它的精神，已在我心中根深蒂固了。

君子兰

何　苗

阳台上，那株“年龄”比我还要大的君子兰又要开花了，它宽大的叶子上有着一道道清晰可见的脉络，墨绿色的叶片，刚健而又有质感，中间的挺拔向上，靠外的则委婉地弯出，像芭蕾舞演员在舒展手臂。有一次，爸爸妈妈给它换盆，我在旁边帮忙，见到了它的根，它们和泥土团结在一起，像藤编的球。

在我记忆里，印着它一次次开花的景象。乍暖还寒时节，它的叶间冒出一个鼓鼓的大苞，开始给我们惊喜和快乐的等待。大苞被“一柄长剑”慢慢地顶出，变成了一根“仙女棒”——我小时候要耐心地等到花谢了以后，才能把它拽下来“指点江山”——在那以后的日子里，每天，我都要细心地检查它有没有破“卵”而出。我经常在梦里见到它藏在大苞里的小骨朵露出来了，并好奇地东张西望，拖着叶子哥哥问这问那。好几天后，它们把脖子伸长了；又有一天，它们的脑袋变大了；终于在一天早上，我欣喜地发现，那淡绿色的花苞变成了一个个穿紧身衣的花穗，它的头顶上冒出了一丁点橙黄色，它唱响了开放的前奏，它的小火星开始燃烧。

从这以后，我盼望它开花的愿望更加强烈起来，但它就是逗人哩，非叫你等啊等啊，等上它几个星期，才肯“屈尊”似的绽开一朵，但是，这一朵在打响开花第一炮后，其他的也就争先恐后地绽放笑脸，仿佛不情愿风头被“老大”抢光了，十几个花朵簇拥在一起，远远望去，阳台上似乎有一团火球在燃烧，靠近看，一个个花朵又好似一个个漏斗状的小火杯，花瓣由上而下由宽变窄，上部是经典的橙黄色，下部则金黄中透着生命的淡绿，花边上有着点锯齿，向人们声明着它温柔中的刚强。“漏斗”里蹿出几根花蕊，它们在“火杯”中像火苗一样婀娜地舞蹈着，热烈中透着高雅，青春中透着成熟。

它开放的每一个早晨都是那样的令人喜悦……

半个月过去了，君子兰的花们纷纷跳离了它们的母体，它们像一个个小喇叭散落在绿叶间，在花盆边，在地面上，继续奏着生命的乐章……

终于，君子兰恢复了谦谦君子般的含蓄、深邃，它被移到了阳台的一角，它沉默着，可是我分明能听见它血液流淌的声音，我知道它在积极地孕育着，等待着下一个花季的到来……

千年运河

高　语

轻轻地在幽深小巷中迈着步子，静静地注视着青墙上岁月斑斑的痕迹。小巷深处，我轻轻扣开木门，门缓缓开了，门后露出外婆慈祥的面容。我卸下厚厚的衣装，坐在藤椅上，静静依偎在她——京杭大运河——的身旁。

在纷飞的碎发中，不经意地瞥见她清秀的身姿。垂柳依依，无语；桃花竞放，默守；微风吹拂，静谧……唯有她在浅笑，那浅浅的嫣笑中有万千的风韵，惹得三三两两的鸟儿在岸边成荫的翠柳上叽叽喳喳地欢叫，有的还情不自禁跃于湖上，想望一望自己的靓影，却又有同伴在不停地呼唤，临走时恋恋不舍地在大运河的衣襟上拿了一根彩丝。看着看着，她便笑得合不拢嘴了。潜水的鱼儿也禁不住将圆溜溜的眼睛露出水面探望。瞧，它望见了什么：棕褐色的船泊在渡口轻轻摇曳，船上的人慵懒地躺着，享受着午日的阳光，欣赏着大运河的旖旎，回想着逝去的美好。河水用一个小小的浪头，让鱼儿回去休息，自己却开始静想……

时间追溯到两千五百多年前，吴王夫差在江淮大地上轻轻的第一锹，便铲出了她的前身。一千多年前，又是隋炀帝的风流奢华最终筑造了她。她流转千年，历尽岁月沧桑，却仍抹不尽她的销魂之态；她温婉静谧中藏着刚毅，素心妖娆中隐着傲然。

她一直轻轻流淌，静静诉说，诉说在船头豪情激荡、把酒洒脱的李太白，诉说那个“城存与存，城亡共亡”的铮铮铁汉——史可法，诉说“板桥竹”的刚劲与柔情，诉说亭台楼阁的婉转清幽……

“吱——”外婆又提起了斑驳的水桶，用清凉的运河水灌溉了蔬菜，浇绿了韵致的花朵。青灰的石砖堆砌的古井上，那一道道残存的印迹，仿佛为石井蒙上了一层神秘的面纱。

“外婆，这水，好凉呀！”

“是啊，这是运河的水，我就是喝这水长大的。”外婆捧起碗，轻轻抿了一口，笑了，运河也笑了。

夕阳的余晖把绚烂的霞光投影于河的波心，南天飞来一只白鸽，炫得让人睁不开眼。运河笑了，她说，我的孩子们，跟我走吧！

于是，她又缓缓流向远方。

千年的运河，载着我们的欢乐与静谧，载着扬州城的繁荣与富强，又向着天际流淌。

思念兔兔

王紫微

五岁的兔兔永远离开了我。发现这一残酷的事实是在一天中午，天气异常寒冷，北风呼啸，兔兔静静地躺在笼子里，身上的毛随风舞动，它像是睡着了，伸手抚摸时，却只感到一阵冰冷。

我像平日一样，轻轻抱起它，柔声道："好兔兔，咱们出去玩。这次让你玩一冬天，可是你要记住，明年春天一定回来呀！我们等着你。"兔兔没有像平时一样顽皮地东张西望，而是静静地躺着。我伤心地哭了，可兔兔仍然没有像以前一样用小脸蹭我，给我舔眼泪。

我和爸爸带它来到蓝水湾，这里曾经野草茂盛，是兔兔生前最喜欢的地方。就让它在这里安息吧！爸爸表情沉重地把兔兔埋掉，我哭得更伤心了。

从此，每次回家，望着空空的笼子，我的眼前就浮现出兔兔活蹦乱跳的模样。以前只要我或爸妈一回家，兔兔就在笼子里东蹦西跳，你要不摸摸它的小鼻子表示疼爱，它一定不会停止乱窜。当爸妈一起摸它时，它的小脑袋准会一会儿挨着爸爸，一会儿贴着妈妈。

无意中看到被咬得伤痕累累的电线，我又想起了调皮的兔兔。有一次，爸爸正上网，突然掉线，一检查，发现我们的兔兔居然把网线咬坏了七八处！老爸用了一天时间才把线接好。这样的事还多着呢！什么电子琴线、电话线、风扇线全是它消遣的对象。可我们从不舍得责怪它，因为它认错态度极好，你一训它，它就耷拉着长耳朵，把头埋到前爪里，瞧它那可怜样，你还忍心怪它吗？

我又来到了蓝水湾，这里的草坪曾是兔兔的乐土。在这里，它曾以自己"硕大"的体形吓跑了一只纯种松狮；在这里，我曾把它放在高台上，看着它想跳又不敢跳的样子笑弯了腰；在这里，它不止一次地打洞，弄得鼻头黑漆漆的，像个小丑，煞是可爱……

真希望明年春天，兔兔会回来，而且，永远不要再离开我们！

（指导教师：吴威）

丽江古韵

盖 戎

多少次的梦中荡漾开一幅幅迷人的画卷：氤氲着古老韵味的丽江古城怀抱着一片清波起伏的泸沽湖和一条条古色古香的石板路……一次偶然的短暂相遇，便在这片清悠的意蕴和美丽中滋生出长久的眷恋。

来到丽江已是初秋，微微清凉的空气中弥漫着一股乡土气息，不时飘来溪水与木楼的幽香。酒店对面便是四方街，还未听清楚大人们的叮嘱，我便迫不及待地跑进街道，投入一个似乎已被时间遗忘的角落。

四方街没有高耸的楼房，有的只是鳞次栉比的古居店铺；没有时尚的装点，有的只是意蕴无穷的历史痕迹。小铺里卖的是一些工艺品，有木制的、手纺的，上面信手涂鸦的一个个简单的图案，让我爱不释手。

四方街很深，我一路向里走去。突然，耳边似乎多了一丝音韵，好似古老江南的丝竹之声。循声找去，眼前出现了一个古朴的琴社，台上坐着十几个人，都已年过花甲，个个身着长袍。表演台上方一张张悬挂着的黑白照片无声地追溯着历史。这就是丽江著名的洞经音乐，既有古朴典雅的丝竹之韵，又揉进了纳西族传统的音乐风格，形成了其独特的旋律，听起来直入灵魂。我不禁深深陶醉其中，直到旁边的人提醒我表演已结束，才恋恋不舍地离开。

沿着街道又不停地往前走，终于，四方街快到尽头了，于是，打算就此转身返回，却在回转间发现有银光在远处闪烁。抬头眺望，欲惊呼却已忘言，相比“柳暗花明又一村”，眼前的景更让我受宠若惊，难道这便是传说中的玉龙雪山吗?

没有大朵的云，也没有缭绕的雾，阳光下的玉龙雪山便这样毫无掩饰地立在我的眼前，银白色的雪在阳光的折射下闪动，融化的雪水从山顶汩汩流下，好一派心旷神怡的画面!

丽江的美是质朴的美，美得让人感动，让人难以割舍。行走在丽江古城的街道上，耳边不时响起那曲缥缈如天籁的《紫薇八卦》，我的心已完全沉醉在这古城古韵中不愿醒来。

这让我魂牵梦萦的丽江啊！

我的梧桐树

李芮欣

很小的时候，父亲在门前的小院里，为我栽了一棵梧桐树。我常和小伙伴们在树下嬉戏，玩闹。一天，我们正做游戏，小胖子一脚踩在一块鸡蛋大小的石头上，石头深深陷进了松软的泥土里，看着陷进土里的石头，大家“胖子”、“胖子”的，叫得更欢了。

“有了，我可有了个好主意！”一个小伙伴突然大叫道，“胖子，你力气大，把这个小石头打进树干里，等到树长高了，看你还能不能再把它取出来？”大家都觉得很有趣。虽然我有些为梧桐树担忧，但很快又觉得这真是个好玩的游戏。于是我们找来一块小石头，把小石头尖的一面朝树皮，然后用大石头使劲儿地砸，几个小伙伴轮流用劲，终于把小石头打进了树干里。

看着被嵌进了树干的石头，我们真是高兴极了。几天过去，我们就忘了那树、那石头了。

两个多月后，小胖来玩，我突然想起了我们的约定，便召集小伙伴们来取石头。起初，我们以为很简单，用牙签挖，牙签折断了不少，却不起丝毫作用。于是我们又找来钉子，可是这块石头像生了根似的，任我们敲打挖掘，却怎么也不肯出来。石头周围的树皮都被挖掉了，树汁一滴滴淌出来，像伤心的眼泪。大家你看看我我看看你，不知如何是好。

后来，石头裸露的部分越来越少了。到第五年的时候，那块石头竟完全隐没在梧桐树靛青色的树干里。而且，包裹起石头的那一段树皮，明净光滑，完好如初。我高兴地对父亲说：“那块石头一点儿也没影响梧桐树的生长。”

父亲深沉地说：“孩子，总有一天，这个伤疤会害了这树的。”可我一点也不相信父亲的话。看着我的梧桐树一年一年变得粗壮高大起来，我仰望着它，更坚信那小石块绝对不会损害一棵粗壮的树！

三年后，我已经是一名七年级的学生了，学校离家很远，父亲就为我在学校附近租了间小屋。回家少了，梧桐树也渐渐地被我淡忘了。

那天，父亲来接我回家，在路上，他说："院子里的那棵梧桐树前两天被大风刮断了。"我听了大吃一惊，那么粗壮的树，怎么会被风吹断呢？

匆匆赶回家，打开院门，果然，那棵梧桐树断了。在白森森的断裂处，那块石头赫然在目。父亲惋惜地说："如果这伤只是在树皮上，那倒没什么，可惜呀，它是伤在心里的……"

光屁股小鸡

李　娟

母亲在冬天饲养的一群小鸡，在春季将要来临的时候，朝气蓬勃，周身洋溢着青春期少男少女般的活泼气息。除了那一只光屁股的小鸡。

有毛的小鸡跟着母鸡在院子里溜达，顺便学些啄虫的小技。而这只光着屁股的小鸡就惨了，虽然有阳光，但还是冷，它跑进稻草堆，用草木灰焐着身子，露出小脑袋，呆望着它的母亲和兄弟姐妹们玩着原本也属于它的游戏。

母亲在冬天总要起个煤球炉子，她会在炉边干着做不完的女红。光屁股小鸡寻着母亲唤猫狗吃食的声音向火炉靠近。它偎在我母亲的脚边，和阿猫阿狗一起在炉边烤火。它终究是弱小的，阿狗的脸变得很快，前一分钟还任凭阿猫的抓挠，后一分钟就“汪”的一声勃然大怒。在猫狗的争斗中，小鸡时时躲闪猫狗爪间的锋芒，不知所依。

父亲提议说给小鸡做身衣服吧，母亲有手精细的女红。于是，光屁股小鸡就和我们一样穿起了母亲做的花衣裳。突然之间，光屁股小鸡不知所措，在棉衣柔柔的抚慰下，它有些忐忑。它向母鸡和兄弟姐妹们跑去，可母鸡看了一眼这只穿着衣服的小鸡后就开始啄它，其他的小鸡看到它也远远地走开。小鸡拥有了温暖却失去了亲情，它只好整天跟在我母亲的后面，仿佛那就是它母亲。就连我母亲在园子里拔棵葱，它也会屁颠屁颠地跟着，母亲跑着去赶走园子里的鹅鸭，它也不明所以地跟着跑，跑得花衣服都被树枝挂住了。

冰雪开始消融，小草使劲地往田埂上钻，芦花鸡和它的孩子们早已不满足院落里的一点阳光，开始到田野里寻找小虫以及其他意想不到的口福之喜。这时，母亲让我把小鸡捉住，说要给它换一套行头。但它奔跑的速度超过了我的想象。

“妈妈，它都成大鸡了，我跑不过它，别换了。”

母亲蹲下身体抚摸着我被汗泥糊着的脸说：“它羽毛还没有长全，不给它穿衣服怎么能长大呢？”

我望着母亲的眼神，顺从了，使出吃奶的劲儿，终于设计抓住了它。

当母亲解开小鸡的衣服时，发现它的确长大了，它的羽毛已经长出来了。

此时春风吹荡在田野上，春花顶着湿润的风盛开了。家里的鸡鸭鹅赶集似的奔赴田园，去赶一年一度与小虫青草的约会。那窝冬鸡已初长成，它们在春天吹气般的长大，有几只已经成了招待客人的菜肴。这只曾光着屁股的小鸡仪表非凡，成了一只白羽翩然的公鸡。现在，它自信善战，一度成为村里的鸡王。拂晓之前，它嘹亮的鸣声回荡在小村的上空，唤起我到牛背上晨读。有时，它会跟在我的后面，一直到田野地头，各取所需，互不干扰，自得其乐。

（指导教师：侯守斌）

草样人生

朱颂宇

轻轻躺在草地上，倾听着自然稚嫩的呼吸。阳光无声地隐藏在树叶身后，小草柔软地拂过我的脸颊，凝视着我的双眼。草是有眼睛的，我一直坚信这点。

每一粒种子都有梦，每一棵草也都有梦，它们想长得像树一样高大、苍翠、挺拔，可是，现在它们却长在树下的角落里。同样是种子，一粒长成了参天大树，一粒却埋没在阴暗的角落，见不到阳光，听不到花开的声音，它们如何了解岁月的变迁，又如何度过这繁华的时光？

猛地，手心被草叶狠狠扎了一下。我惊讶地看着那柔弱而倔强的身影，它在反驳什么吗？于是，我仔细地倾听它的诉说：草并不一定要成为树才幸福，草与生俱来的灵性是娇小与内敛，做一棵草挺好。世界上本没有纯粹的完美，正因为拥有了一点细嫩，草才成了草；正因为没有一个劲儿地向上，草才不会被风雨打折身躯；正因为有了不同于树的绿色，草才会成为虫儿安家的地方。草有草的成功。有阳光照耀，会感觉温暖；有花蝶飞过，会看到美丽；依靠着树，会很幸福。为什么一定要想那些错误的改变？小草摇摇身子，一束阳光洒到它葱茏可爱的脸上。

我若有所思地起身，草儿依旧伫立在芬芳的土壤上。抬头四顾，终于感悟：世界上哪一种生命不是独特的？冰因为凝聚了雪所没有的透明而空灵；彩虹因为吸取了斑斓的色彩而胜于阳光；就连那湖水，也因为有了大海所没有的静谧才孤傲。生命之所以多彩，不也正是因为那一簇不起眼的补白么？

画家凡·高说："没有一种蓝色不含有黄色和橙色。"那么，我们就不必在意没有"同伴"。我就是我，做独一无二的自己就好。人生的画笔在自己手中，我们可以绘出写意山水，也可以涂抹又一幅《向日葵》，重要的是在空白的纸页上融入了不同以往的元素，一种可以称之为个性的魅力。

我走在石子路上，渐渐远离了那片碧绿的天地。一路走过，鸟儿依旧歌唱。当我们走在选择的台阶上时，别忘了捎上“自我”的行囊——会有异样的目光，会有无法认同的阻碍，由它们去吧！人生的月台，是起点也是终点，是蜕变更是改变。如小草般执着地握住自己心中独一无二的画笔，去为这旅途的风景挥洒一路绚丽的真谛！

第三部分

真我本色

我很快转身，穿过马路，快走了几步，但仍禁不住回首张望，只见夜空下一个小小的白影子伫立在远处，在我又一次模糊的双眼中，那影子变得越来越大，越来越亮，仿佛夜风中的雪人。

——苑玲茵《念念如故》

幸福的旁边

唐雪卉

有人告诉我，鱼的记忆只有七秒。七秒之后它就不记得过去的事情了，一切又都变成新的。所以在那小小的鱼缸里它永远不觉得无聊，因为七秒一过，每一个游过的地方又变成了新天地。

我情愿你是鱼，七秒一过就什么都忘记，曾经遇到的人，曾经做过的事，就可以烟消云散。

七秒，你痛苦的选择

依旧是这间房，这间你生活了六年零三个月的房，只是书橱的一扇玻璃已经破碎，只是雪白的床单上残留着斑斑血迹，只是空落落的屋中只剩下你自己沉默不言。

我看得到你哭得红肿的双眼，你蜷缩在墙角，呆呆地望着天上的星星，怀中还紧紧抱着一只白色小熊。

“小朵，你知道吗？”她只是冷冷地说，稍稍抬起头，长长的刘海儿挡在额前，我看不到她的眼睛。

“嗯？什么？”

“这只小熊，是去年妈妈在我生日时送的，那时我们还很快乐，爸爸妈妈还很爱我，那时我对着生日蜡烛许愿，我还告诉他们我的愿望是等到我大学毕业后，我们一起去法国的普罗旺斯。人们常说‘许下的愿望不能说出来，否则就会不灵验。原来是真的，你看，我讲了，于是他们离开了我。”她的脸上没有任何表情。

依旧是面前的两个人，只是他们无法将你再紧紧地拥抱，七秒钟，你痛苦地选择，选择的理由都没有说服你自己，你终于对妈妈说了再见，可你的心在哭泣。

我在心中默默地祈祷：只希望，你还是原来的你。

七天，你尴尬的处境

在教室的窗外，有一棵树，因为我们正处三楼，所以伸出手时，刚好触及它。

开学第一天，年级里便传得沸沸扬扬。“喂，小朵，你知道晴子的父母离异的事吗？”同桌凑到我耳边说，我没有吱声，然后回过头，看见晴子独自站在窗边，手轻轻触摸窗外的叶子，痴痴地看着。

晴子，我多想轻轻抚摸你受伤的心，我怀念我们一起在草场上追逐，怀念你在阳光下肆无忌惮地笑，怀念我们每周周末都要去的甜品店，在那里，你喜欢坏坏地抢走我的芝士蛋糕，吃完后放回我面前说怕我吃得太多。可如今，你变得沉默寡言，你告诉我你害怕身边的每一个人，害怕别人提到你的名字，你抱着我哭，直到没有力气，接着看爸爸醉醺醺地回到家，一阵阵地心痛。

我走到窗前，看着那浓郁的绿，转过头，却又看到她哀伤的表情。“晴子，会过去的，一切都会过去的，将来我们一起去普罗旺斯看薰衣草，好吗？”

她没有回答，我看见一滴小小的晶莹的水珠打在她手中的叶上，叶在颤动，直到顺着叶脉滑落，我再也找不到它。

以真诚的心对待每一个人，以愉悦的心分享他人的快乐，以宽阔的心包容对不起你的人，以平常的心接受已发生的事实，以放下的心面对最难的割舍，这就是幸福。

七天中，你站在了幸福的旁边，转过身，你便可以拥抱到它。

七年，你坚强的奋斗

在幻想和现实碰撞时，总是很痛苦的，要么你被痛苦击倒，要么你把痛苦踩在脚下。

我们说过中学时代的七年，要一起奋斗，可是你忘记了吗？如今只剩一年，你却想要逃避。

老师把一张卷子狠狠地扔在讲桌上，“晴子，你的成绩最近直线下降，从年级前十名落到了一百名，还有半年就要高考了，你还想不想考名牌大学？”

晴子低着头，用力地用牙齿咬着嘴唇，好像马上就要咬破。我的心也高高地悬着。最近晴子不再总跟我聊天，下课后就跑出教室，晚自习也不在。

“晴子，老实说，你最近怎么了？疑神疑鬼的，还总不在教室。成绩下降那么快。”

“小朵，我……有个男生对我很好，我不想拒绝他。”她看着我，希望得到我的理解。

“不可以，绝对不可以！”我坚定地驳回她。晴子不再说话，用很失望的眼神看我，过了好久才说：“他的父母也离异了，我们都太孤独了，那种痛苦是只有生活在离异家庭的我们才能体会到的，只有他才能真正地理解我，真的。”

我不知道该说些什么了，是啊，那种痛，我真的不能完全理解。很久一段时间，他们几乎每天一起聊天、吃饭，空闲时间我努力地帮助她解决不会的题，可是晴子却总是心不在焉。后来，老师发现了他们的事，便立即通知了双方的家长。

晴子的爸爸为了让他俩分开，经常殴打晴子，那个男生的妈妈也限制他的活动。晴子又回到了曾经的悲伤与绝望之中，每天呆呆地看着窗外的树。

有一天，那个男生找到我，我发现他消瘦了许多。他将一个纸条交给我，说：“麻烦你，交给晴子，一定要！”我忙点点头，接着他笑了，很放心地微笑，他离开了，我看到他落寞的身影。

我把纸条递给晴子，她说不想看，我说是“他”给的，晴子赶忙接过去，打开后，上面用红色的笔写着“爱在清华”，晴子笑了，和那个男生一样，笑容很灿烂。我不知道有多久没有看到晴子这样开心地笑了。之后的五个月时间，晴子很努力地奋斗着。

终于，五个月之后，晴子和那个男生考入了清华。接到通知书的那个周末，我们回到了那家曾经常去的甜品店，她对我说：“小朵，我终于相信，只要用力呼吸，就会看见奇迹！四年后，我们两个相约在普罗旺斯！”

我开心地点点头，落地窗外我看到浓郁的绿。晴子，你找回了你自己。

我闭上眼睛，感受着久违的别样的幸福，静默着，我的心，你的人，如果，这种快乐会持续，我宁愿你的记忆是永远。

品味长大

张洋荣

十五簇跳跃的烛光，在一瞬间吹灭。灯猛然亮起，照着桌上的大蛋糕，那一刻，我恍然悟到：我十五岁了，我长大了！是的，我长大了。我再也不是那个笑得一脸傻相的胖娃娃，也不是那个穿着连衣裙，抱着洋娃娃的小女孩了。现在的我，着一身休闲衣，剪一头学生发，蹬着运动鞋，背着大书包，疾步走在上学的路上。

生活，我爱你，我是你的孩子，我已经长大，可是我不喜欢长大，长大的滋味有些苦。

班主任在讲台上为我们的不听话慷慨激昂：“我的孩子们！我的孩子们！你们已经长大了！该明白学习的重要了！怎么、怎么还是那么不懂事呢？！你们要努力啊！将来考不上大学怎么办？……孩子们，赶快长大吧！”

台下，分明是一张张不服气的脸，更有甚者在小声嘀咕：“哼！长大了就要没日没夜地读书？哼！我宁愿不长大！”同感！我望着记事本上长长的一串作业名称，真希望时光倒流，回到无忧无虑的童年。

教室的门突然开了，物理老师——李Sir走了进来，手里“亲热”地“搂”着一摞厚厚的“雪片糕”，台下一阵惊呼，李Sir的神情动作同班主任一模一样，皱眉，翘嘴，挥手。“怎么像小孩子一样乱喊乱叫？给你们多做点练习还不好？真是长不大！”

晚上和老爸抢电视，我要看动画片，他要看新闻联播。一阵激烈的“肉搏”后，我索性坐在地上耍赖：“啊——我要看动画片！我要看！我要看！”老爸见我这样，又好气又好笑：“傻丫头，都多大了还耍赖？不要老是看那么幼稚的动画片，现在长大了，要关心国家大事，多看新闻联播……”打住——打住——这口气我怎么越听越熟悉？天！和老师一样！

“我才不要长大呢！”我不满地说，老爸笑了：“长不长可由不得你，这是一个必然的过程，每个人都要经历……”

我不知道风往哪里吹，也许它自有它的方向，我不知道为什么要长大，也许它自有它的理由，哦，我不想长大，我不要长大，长大的滋味有些辣，我要永远做个快乐的孩子。

慢慢地，我发现长不长大真的由不得自己，我居然觉得童话幼稚，也不会像儿时那样折纸船扔进水里。我更醉心于科幻故事、武侠小说，我更喜欢喝咖啡、吃夜宵、逛街、散步，成长是个很奇妙的词，它不仅仅是苦涩，它带走了我的天真，又送我一份成熟。更奇怪的是，我终于明白了老师和父母的苦心，开始为自己读书。

一天和朋友去德克士吃炸鸡，服务员很有礼貌地称呼我们“小姐”。嗨！嗨！第一次被称作“小姐”，感觉真是怪怪的，还有一丝欣喜，该不会是——成长快乐！

渐渐地，我真的不讨厌长大了。长大蛮好的，它让我能独立自主，不用父母操心了。暑假一个人坐飞机去北京，心里的得意就甭提了，还有一个我不想说出口的：长大真好！

云朵轻飘飘的像我的年轻岁月/我脸上挂着微笑/就像挂着幸福/我可以快乐地面对它/慢慢地/渐渐地/我在长大/长大的滋味有些甜

成长有烦恼也有快乐，烦恼后面是快乐，快乐前面是烦恼。

我曾一度讨厌长大，但现在，一切烦恼都成了过眼烟云，飘了、散了。我想我可以平静地面对它。因为我已彻底知道：成长，是人生中的必要过程，不要厌恶，也不能回避，我们应该努力让这个过程变得绚丽多彩。

走在成长的路上，我听见路的前方传来美妙的音乐，那是未来在向我招手。

哦，亲爱的人，我们要坚强，我们要微笑，因为不管我们怎样，我们都在长大，仔细聆听，未来很美妙……

（指导教师：俞玉华）

班有老岳

彭宇佳

老岳是我班的“头头”——班主任大人，自打初一入学以来，老岳便成为我们的班主任兼英语老师。她在我们班的地位可谓“无人之下，六十四人之上”。在其他课上大闹特闹的同学，搁在老岳的课上便沉默无语，可见老岳的厉害。

老岳的特点是个子不高，学识不少。用常绿矮灌木来形容老岳是最恰当不过了。老岳的个头大概是一米六〇左右，班中众生多数比她个子高，可她却毫不在意。老岳兴趣广泛，爱好颇多，除英语以外，还兼通天文、地理、历史、常识等知识，真可谓“浓缩的就是精华”。

老岳的脾气有些古怪，有时使同学们倍感亲切，而有时却令众生大跌眼镜，尤其是在布置节假日的家庭作业时老岳是有一招的，而且绝妙至极：“同学们，我们这次国庆节放长假，我也知道，你们学习很累、很辛苦，正好可以利用这次假期休息一下，所以家庭作业嘛，我们就少留一些。”“噢，太好了。”我们刚要喊出老岳万岁，可老岳扶了扶她那眼镜又说道：“但是，我们也不能过于放松，如果你在玩乐时别人学习，人家不就超过你了，你们不想落后于别人吧！”“不想！”“那好，把学过的单词每个抄十遍，外加音标和翻译，把一到八单元的课文写一遍，还有所有已经考过的试卷全部写出卷面分析来，就这些，噢，还要家长签字！！！”再看班中休克的人数已达三分之二。

老岳的课堂可用“幽默紧张”来形容，上课时，为活跃课堂气氛，老岳往往来个小幽默，刹那间便把同学们的注意力集中了起来，而后一变脸，摆出一副严肃的样子继续开始讲课。在老岳的课堂上任何人都要认真仔细地听讲。哪怕是很轻微的动作也逃不过老岳那双“慧眼”。一旦发现有人走神，老岳便叫他起来回答问题，答对了还好说，唠叨两句便风平浪静了。要是回答错了，那就不好办了，八成也是下课被老岳暴“K”一顿。于是班中便有了一句顺口溜：“天不怕，地不怕，就怕老岳来问答。”

说了这么多，其实老岳还是蛮不错的。同学中有谁不舒服，她总是上前问寒问暖；有谁遇到了难题，她总是不厌其烦地尽力帮助解答；班中的大小事情，老岳都处理得十分得当。班中遇到一些大事，她总会和同学们商量一下才决定。有时做错了事情，她也会虚心地改正，并公开道歉。同学之间免不了对老岳会有一些评价，好的有，坏的也有，可总的来说老岳很好，班中不能没有她，同学们也都需要她。

这就是我班的头头——老岳先生。

我这个丫头

于广莉

我是个女孩，大人们总爱称呼我“丫头”，妈妈喊：“丫头，把毛巾拿来。”奶奶说：“你这个丫头，几时长大！”我这个丫头，真的没长大?

我这个丫头，做事爱讲究个细心，总是那么认真谨慎，不管什么作业到了我手上，就不会出错，每逢考试，“温故而知新”，理想成绩常伴我而行，在老师的眼里，我是个心细如发的好学生。

我这个丫头，妈妈说我是她贴身的小棉袄。在她和爸爸疲劳时，我会笑吟吟递上一杯热茶，替他们洗去疲惫；在他们烦恼时，我会依偎在他们身旁，耐心地倾听他们的诉说，用体贴去冰释他们心中的不快；在他们高兴之时，我会和他们共同分享那份快乐。在家人眼里，我是善解人意的好孩子。

我这个丫头，可有一副热心肠。在学校里，我会把新本子撕下，把橡皮切开，慷慨地分给那些需要的同学；在马路上，我会不顾赶路，热心地搀扶老人、抱起小孩平安地通过马路；在家里，我会热情地招待每一位来访的客人。在人们的眼里，我是个古道热肠的好姑娘。

我这个丫头，怎么样？谁不夸奖！

我这个丫头，有时也像多愁善感的林姑娘。这不，电视机前，我正陪电视剧里的角色一同哭泣呢；要是在路上遇见那些衣衫褴褛、受冻挨饿的可怜人，我又会像林妹妹一样潸然泪下；要是身边哪位亲人、好邻去世，我会一个人伤心饮泣好几天，连饭也吃不下。在爸爸眼里，我是个脆弱的小丫头。

我这个丫头，天生胆小。有时，意外地收到一份“精美的礼品”，高兴地打开包装盒，却发现里面躺着一只毛毛虫，我会吓得尖声惊叫，引得旁观看热闹的男子汉哄堂大笑。吓得魂不附体又遭此嘲笑，我心里怨透了，却不敢拿这群捣蛋鬼怎么样。在男生眼里，我是个“胆小鬼”。

我这个丫头，生性腼腆，课堂上总埋着头听，不好意思举手，怕同学说我“好出风头”，每当被老师那巡视的目光逮着时，我小心翼翼地站起来，头低低的埋着，脸涨得如红苹果，声如蚊吟，紧张得气都喘不过来。在同学眼里，我是个害羞的女生。

嗨，我这个丫头，还真是没长大。

别急，“待到山花烂漫时，她在丛中笑”。怎么样？

中考，我想对你说

李 菡

中考，曾几何时，我就听说了你的厉害，你让莘莘学子埋头苦干，有的通过你潇洒地步入重点高中，而更多的则被拒之于门外。

三年前，上了初中，我才真真正正地感受到了你的诱人，你的厉害，你的残忍。跨入中学门槛的第一件事，便是听老师、家长们对你的介绍。似乎，拼搏三年就是为了你。渐渐地，我明白了，你似乎决定着我们一生的命运，或幸福潇洒或忍受辛酸。

从此，你就像一副沉沉的担子，重重地压在了我们的肩上，让我们不敢有半刻的怠慢，只怕由于这半刻的怠慢使我们落伍掉队，以致和你擦肩而过。你让我们不敢痴心于自己的爱好，你让我们不敢充分发挥除了学习以外的才能。记得上次过“六一”，我苦心排出来的音乐剧，被教师和家长一致认为是我期末考试不理想的主要原因。“去做你自己应该做的事！”成为让我们学习的代用语。每当我听到这句话，我想说：“我的事？我自己的事？难道只有学习才是我的事？”可是提到嗓子眼儿的话又情不自禁地被咽了下去。因为我深深地知道——我的事只能有学习！学习啊！！

上了初三后，在家里，每天早上在天还没亮的时候，就被铃声匆匆叫醒。下午，天黑后才可回家。晚上，往往到了第二天才睡觉。整天过着两点一线的生活。但是，只有这样，自己心里才过得去。因为，我们只能、应该、必须这样。

中考，说实话，我挺怨恨你的。你扼杀了一个个花季少年应有的烂漫和多样的才能。似乎，只有学习才为正业，学习与其他事被“自己事”和“非己事”一划即分。那些具有反叛精神而做“非己事”的同学被视为“坏孩子”，甚至用不务正业来修饰他们。反之，则是“好”孩子。你潇洒地向我们提出“素质教育”“减负”，其实，这对我们唯一的变化就是考题更多更难了，担子更沉重了。

有时，我看到那张舒服的床，我恨不得躺在上面睡上它五天五夜；我看到那诱人的电视，恨不得坐在它跟前看上它七天七夜；我看到那欢乐玩耍的场面，恨不得凑到其间玩上它九天九夜……这似乎很可笑，但是这是我们所有同学的共同渴望。不过我不会这样做，我们也不能这样做。

“书包最重的是我，作业最多的是我，起床最早的是我，睡觉最迟的是我，玩耍最少的是我，是我是我还是我！”这是一代同学的口头歌。但是我又希望这是“我”，只有这样，我才对得起老师的期盼，家长的希望，自己的愿望。我真怕自己承受不了这一切而放松了。现实就是这样，矛盾而又真实。面对现实我们只能顺应你，因为只有高分通过你，以后才能……虽然你会让“千军万马过独木桥”，但是，我们要过去，我们也相信，我们会过去。在距离你只有两个月的时间里，我们会努力，会拼搏，以满怀的信心迎接你，以优异的成绩拥抱你。因为回头看看，迎接你的过程也未尝没有乐趣。

中考，等着我！

真我本色

刘　昭

我就是我，有些叛逆、有些调皮、又有些可爱的我，有时候自己都看不清自己的真正面目。我是简单的，但又是复杂的；我是幼稚的，但又是成熟的；我是清晰的，但又是模糊的；我……是矛盾的，没有人能看到我真正的本色。我可能有点“自恋”，别看我长得貌不惊人，但还是喜欢在镜子面前东看西照，你不知道啊——那是我在研究自己呢！总梦想着看破红尘，摆脱这人世的纠缠不清。也曾经对生命一度失去希望，也曾经疯疯癫癫，也曾有时故作淑女，也曾有时……许许多多又许许多多，这其中尽显真我本色。

本色三部曲之一——失败

说来惭愧啊，刚刚结束的期中考试让我再一次尝到“失败”的滋味，惨遭“滑铁卢”——从年级第一狂跌到十五，从班级第一疯落到第八，真有点中国股票市场的形势：先是一路飙升创出历史新高，略一疏忽又是全盘飘起环保的颜色打出历史新低（股票下跌是全盘飘绿，好讽刺哦）！说到这里我是“成绩不堪回首失败中”啊！后悔莫及苦不堪言。失败的滋味我品尝过不少，每一次遭受打击后都是以泪洗面——眼泪是女生最有力的武器。（这句话谁说的？嘻嘻，好像是我哦！）我的外表似乎很坚强，但内心又是多么脆弱，于是每一次失败都会成为我心头永远的伤痛。无论人生的道路走到哪里我都会回头看看以前的成功和失败，用成功来激励自己，拿失败来鞭策自己，因为我相信：力量在心中。忽地想起《黄冈兵法》的“兵法要诀”：“每个人的潜能远远超过已经实现的那一半/你的大脑就像一个沉睡的巨人/成功的关键在于需要火种去点燃……”好啊，那我就以每一次的失败去点燃成功的火把吧！

本色三部曲之二——成功

受过挫折就不敢那么狂妄自大了，谈起成功来更是措辞谨慎，生怕被人冠以“骄傲”二字。一朝被蛇咬，十年怕井绳嘛。以前，我这人容易被成功迷住眼睛，一旦成功，哪怕这成功很小很小都会沾沾自喜上三年五载的（一点儿也不夸张），一经提起我马上就红光满面、喜气洋洋，然后说起话来又是滔滔不绝——都是为了夸耀自己当年的“丰功伟绩”嘛！咳，你看我这人，多容易满足啊！其实这一点会消磨掉一个人的斗志的。但人总是会变的，尤其是像我这类善变的人，也因为自己在慢慢长大，思想在一天天成熟起来，渐渐地，每一次的成功都会被我默默藏进心里，很少流露出来。哦，我长大了，也开始懂得“含蓄美”了。

本色三部曲之三——独处的时候

我迷恋夜晚，迷恋她的深沉、她的宁静，喜欢她的深藏不露，只有在夜晚，我才能得到一天中难得的好时光——灵魂得以洗涤。面对着窗外的黑暗，细品近处的、远处的安静，灯光下，对着书山静静地思考，思考关于自己，关于身边的人，还有我周围的世界……我在慢慢地感悟，感悟人生，感悟自我。每当黎明到来就标志着半天的喧嚣又开始伴随我了，可我在内心深处又是多么向往夜晚，向往那份难得的宁静。

这就是真我本色，走进我的这片天空，和我一起分享这一份本色的精彩吧！

考场随感

郭慧芹

第一堂考语文，我很乏倦地趴在桌子上，我的头很胀，因为我在发烧。

监考老师捧着一沓卷子走了进来，我看了看手表，还有两分钟考试。老师很不客气地指着我问道："位子怎么坐的，你几号？"我意识到我坐错位置了，很平静地回答："27号。"我根本不介意我坐哪，因为我是来考试的，不是来排座位的。

我把板凳朝南拉了拉，广播里传来播音员悠扬的声音："请监考老师分发试卷，请监考老师分发试卷。"

我把试卷阅览了一遍，发自内心地感慨道：我完蛋了！前几道选择题很棘手，其实也不是棘手，是我不会。我的头很烫，没心情做题，可现在是考试，由不得我随心所欲。每一道题的题目都很啰唆，我很小心地读着题，生怕这些"废话"里有什么陷阱。第五题是按课文内容填空，它让我努力回忆课文，我很听话，绞尽脑汁地回忆，呕心沥血地想，可我的大脑不听话，一片空白，一点印象都没有。这时我懊悔极了，才觉得老师的谆谆教导是财富，可现在为时已晚，任何思想都无济于事，只会增加我的思想负担。我决定不再忏悔，拿起笔，跟着感觉走。

第三大题题目写得真好，"背诵优美的古诗文，可以丰富语言积累，提高语文修养，请你默写下列名篇中的佳句。"瞧把题目吹的，还"优美的""名篇""佳句"，把背古诗的好处也列举了，命题老师太费心了！

我开始搜索枯肠，只想起来"烈士暮年，壮心不已"这一句。还有众所周知的"天网恢恢，疏而不漏"，可惜我当时忘记了"疏"字怎么写，我想运用排除法，可我只想起来输赢的"输"。我忽然想起班主任曾经说过，考试时会有"暂时性健忘"的症状。我应该就患了这种"绝症"。我顿时有一种天塌下来的感觉，我该怎么办？太对不起语文老师了，更重要的是对不起我自己。

我心灰了，意冷了。毫无兴趣地看着课外阅读理解，题目是“爱，从来不卑微”。我在想，要是以我写的作文命题，我肯定得满分，再加上漂亮的卷面分，那还不快乐似神仙？哪有这门子好事！我立刻从憧憬中回过神来，开始读文章。我怀疑作者和陶渊明上辈子是弟兄，竟然厌世！

我准备写作文，提示上是这样说的：“上个学期的期末考试情景仿佛就在眼前，我们都经历了刻苦的复习，忐忑的考试，焦急的等待……写一个最让你感动的、记忆最深刻的片段……”这里面有明显的错误，至少是不严密。我们并不是“都”经历了“刻苦”的复习，考试就忐忑吗？等待就焦急吗？不能再浪费脑细胞了，我必须要考虑作文该怎么写。上学期期末考试的情景我并不记得了，更没有什么让我感动、记忆深刻的片段了。我只记得，放假当天我主动拿出学生手册，家长开玩笑道：“历史怎么考那么‘多’啊？”丢人啊，历史才考了46分！我实在没有真实的题材可以润色，于是我虚构了一个场景，演员就位，自编自排了一个催人泪下的短剧。

写完作文离考试结束还有二十分钟，我已到了恹恹欲睡的地步。隐隐约约中，我想起老师的一句话：“这次考试很重要，是检验老师的工作，也是检验你们学习情况的有效手段。”此时，我受到鼓舞，努力地挺了挺脊背，提了提精神，认真地检查试卷的每一个角落。

“丁……”考试结束的铃声很准时地狂叫着。我很不情愿地看着可怜的试卷被监考老师无情地捧走。我木讷地站了很久，不知道这一次等待我的是喜是忧，是夸奖还是批评……

念念如故

苑玲茵

在认识念新以前，缘分这东西我是不信的。

一个黄昏，我气喘吁吁地放学回家，远远看见她的第一封信平躺在我的书桌上，雪白的桌面衬着粉红的信封，静静的，很好看。

至今，我对当初如何交上这位笔友的，仍是不解。听她说，只是一次很偶然的机会，得到了我的地址，就决定尝试一下。我曾一再追问那究竟是怎样一次“偶然机会”，她却从来没说过。

以后每周一的黄昏，念新的信总是很准时地到达，粉红的，散发着淡淡幽香的。

她是一个与我同龄的女生，没有铺陈华丽的文笔，字字句句弥漫着真诚的气息。对于一个素昧平生的人，我感叹她可以如此这般敞开心扉的倾诉，想想自己，倒始终很难做到。于是，以后的日子，读她的信，回她的信，成了一门很快乐的功课。

一晃圣诞节到了。整个城市都仿佛沉浸在温馨的节日气氛中，空气像被兑上了一大勺蜜，甜甜的。深夜，望着悠悠的明月，我忽然想起了念新，想见见这个通了大半年信的神秘女生。

我去了信，她回信说：好的。

那天，当一个高高胖胖、打扮得花枝招展的女生向我跑来时，我几乎彻底失望了。说不清是怎么回事，反正想象中的念新不应该是这样的，就算不是那种戴粉红色围巾，长发披肩，瘦瘦的，令人亲近的女生，至少也不是这样！那次接触打破了我原先所构造的一切美丽幻想。

回家的路上，我反复安慰自己道：别难过，现实与梦想总是有距离的。但终归很失望，忍也忍不住。

以后，我们还是频繁的通信。她一如往昔，我却多了一份说不出的疏远与矜持。

一次，我有事路过她在信中提到的她正就读的学校。我找到了她所在的教室。里面人声鼎沸，那个高高胖胖的女生大笑着，大叫着。我望着她，默默地站了一会儿，决定叫她。我叫了好几遍她的名字，她却没听见。倒是另外一个女孩看见了我，问我找谁。

“哦，找那个——何念新！”我指给她看。

“她？你弄错了吧！她可不是念新，念新早不来了，她生的是那种……那种……反正是没法治的病，在家呢。”她说完，丢给我一个淡淡的微笑，走开了。

我一个人，呆呆地站在教室门口。四周突然安静下来，静得我不知所措。我恍然明白了这件事的自始至终。当时的心情很复杂，有些莫名的快乐，更多的是失落和哀伤。

照着那个女孩留给我的地址，终于在一所破旧的石库门的小阁楼上找到了念新。一个披着白色大衣、长发披肩、瘦瘦的、安静地坐在床上看书的念新。她惊诧地看着我，半晌才说：“你……你是……”我点点头。

还是周一，橙红的阳光透过阁楼小小的窗，泻在她的脸颊上，很温暖，很安静。

从她家出来，已是夜幕降临，念新执意要送我。

安静的小巷，我们慢慢地踱着。“我以为你看见这样的我会很失望。”她突然说。

“我看见圣诞节时的你倒真的失望了。”我笑着，却发现她正意味深长地看着我。

“如果……如果明年有机会，我一定自己来！”

“好！”我重重地点着头。突然感觉有什么模糊了我的眼睛，或者是什么模糊了她的眼睛。

我很快转身，穿过马路，快走了几步，但仍禁不住回首张望，只见夜空下一个小小的白影子伫立在远处，在我又一次模糊的双眼中，那影子变得越来越大，越来越亮，仿佛夜风中的雪人。

雪/一片一片一片一片/在天空静静缤纷/眼看春天就要来了/而我也将/也将不再生存……

久违的老歌，漫上心头。可是念新，在我心里，一年四季，永远都是不会融化的雪人。

胖妞咏叹调

房国俊

爱美之心人皆有之，我向往当一名歌星，展现自己的歌喉，引得粉丝无数；我向往当一名影星，挥洒自己的绝妙演技，被人们仰慕。当然，“超女”比赛是我走向成功的第一站，必须首先把它拿下。可是，我的梦想还没有起飞，就被残酷的现实折断了翅膀——我是个地地道道的胖妞。100斤，对我来说，已是曾经的旧梦。

所幸的是，我知道人不能听从命运的安排。于是，我开始以影视明星张娜拉的形象来塑造自己，节食、小步跳、减肥饼干等都被派上了用场。另外，我还会到班里摆弄评书，话说张娜拉如何如何演技出众，直说得脸庞发热、舌头发麻。只可惜身材与张娜拉相差太远，刚比画了几下，“观众”们便纷纷作“鸟兽散”了。

遭此打击数次，我审时度势，发现美妙的身材可能此生与我无缘，所谓条条大路通罗马，何苦在一条路上跑到黑？于是，韩红一举跃升为我心中最亮的星，听录音，看录像，不亦乐乎。一阵忙乱后，我利用一天中午只有部分女生在场的绝佳时机，唱出了回荡在心底的《青藏高原》，从同学们吃惊的表情和稀稀拉拉的掌声中，我找到了一些自信：瘦人能展现自我，胖人也行嘛！有黄莺一样的歌喉，何必去模仿燕子的翩翩起舞呢？

可惜好景不长，我刚轻松了几天，体育老师便宣布要进行立定跳远测试。My God！这可是我最怵的项目啊！每当面对那条笔直的起跳线，我的腿总是不由自主地打战，但偷偷溜回教室的小伎俩是瞒不过体育老师的“火眼金睛”的，没办法，只好硬着头皮上了。结果可想而知，我又一次为胖付出了惨重的代价。体育课，终于在老师“下节课补测”的宣布声中结束了。

受此打击后，我开始在家“厉兵秣马”，准备“一雪前耻”，挽回我那可怜的面子。真是“苦心人，天不负”，一周后，我的“僵尸跳”终于大功告成，每次起跳，自觉轻盈不少。

测试开始，我胸有成竹地站在起跳线前，正视前方，做好姿势，奋力向前一跃，哇！终于越过达标线了！我不禁欣喜若狂……

胖妞的生活是一曲咏叹调，不过对我而言，这还仅仅是一个前奏，我一定珍视这段经历，谱写出更加绚烂的主旋律。

（指导教师：杨金星）

且行且珍惜

杨雨凡

昨晚梦见小学同学了，我们随意地坐在教室里，快乐地听着蝉鸣，安静地感受日子一点一点流淌过我们的指尖。我们的一举一动，一颦一笑，在我模糊而缥缈的梦境中，一一再现。

然而，梦终于醒来。睁开眼睛，看见的，只是黑黑的四四方方的卧室。

一个人躺在床上待了很久，很久。

是谁说过，我们都是过客？是的，我们都是过客，别人生命中的过客。那些曾经匆匆出现在我们的生命中又匆匆消失的人们是过客，那些很早很早就出现，现在依然生活着的人们，也是我们的过客。

听过一句很伤感的话：我们很多人手拉手地向前走，一不小心弄丢一个，一不小心又弄丢一个，再不小心又弄丢一个。于是，这样走着走着，最后就只剩下了自己一个人。

人生的路很漫长，没有人能陪我们从起点一直走到终点，身边的人总是在不停地更换，一些人微笑着迎上前对我们伸出手说："你好。"一些人微笑着转过脸对我们说："再见。"来来去去，匆匆忙忙。即使是敬爱的父母和共度人生的伴侣，也只能陪我们走过人生中的一程，这一程过后，我们还是孑然一身。

朴树曾经唱道："这是个旅途，一个叫作命运的茫茫旅途，我们偶然相遇，然后匆匆离去，在这条永远不归的路。"的确是首很忧伤的歌，但也是首很现实的歌。

我们仓皇地站在旅途的入口，真的不想继续向前走。因为，向前走就意味着有的人要离开，有的人要分手。但是，人生本来就是一次孤独的旅行。

或许，我们对于一些人来说，只是一个片段；一些人对于我们来说，也只是一个插曲。然而正是这些片段和插曲，让我们或欢喜或忧愁，难分难舍。

时间真是匆忙，才几年的光景，又有一些人该走了，然后我们再结识新的朋友，继续我们的旅程。

我们不知道什么人什么时候会离开，所以我们唯有且行且珍惜，珍惜和每个人在一起的每一刻；珍惜每一个干净的微笑；珍惜每一缕清澈的目光；珍惜每一次欢乐每一份伤悲……只有这样，当他们挥手渐行渐远的时候，我们才会没有遗憾，没有落寞。

（指导教师：王小枝）

距 离

刘 佳

如果我们之间的距离，可以用直尺丈量，那我希望，这距离会越来越近，并最终归零。

——题记

序

客厅里又传来激烈的争吵声，紧接着是“噼里啪啦”摔东西的声音。哼，这次又要摔坏多少东西才会“停战”？我厌烦地戴上耳机，狂野的音乐终于将刺耳的争吵声淹没……

突然“砰”的一声门被撞开。妈妈哭着冲到我面前，脸上的掌印让我骇然。“甜甜，你说，爸爸妈妈离婚了，你会跟妈妈对不对？”妈妈还没说完，就被爸爸一把扯开：“甜甜，你跟爸爸，爸爸有钱。”我面无表情地看着他们，隐藏了很久的委屈和怨恨突然涌上心头。我冷冷地说：“我讨厌你们，我要跟奶奶。”

……

爸爸妈妈闹上了法庭。法官把我判给了爸爸，因为爸爸更有养好我的能力。妈妈拖着她的东西踏出家门的那一刻，猛地冲过来抱住了我：“甜甜，苦命的孩子，你不要怪妈妈！”看着妈妈撕心裂肺的样子，我再也不能装作冷漠的样子，也抱着妈妈，哭了。

妈妈走的第二天，爸爸带了一个女人和一个小女孩到了家里。“这是你妈妈和姐姐，从今天开始和咱们一起住。”爸爸说。我伸出手：“欢迎你！”那女孩似乎受宠若惊，连忙过来和我握手。我狠狠地把一杯开水泼在了她手上。她大声惊叫着。我得意地笑了，笑得很嚣张，却迟迟等不来爸爸的巴掌。我看见那个女人使劲拉着爸爸挥起的手臂。虚伪，好笑，你活该，我在心里恶狠狠地说。

20厘米

这就是我给坏女孩许秋若的见面礼。开始，我只知道，她是那个破坏我家庭的坏女人带来的孩子。后来，爸爸告诉我，她是我同父异母的姐姐。许秋若，许秋水，难怪我们有这么相似的名字。这更加剧了我的怨恨。因为，她就是爸爸对妈妈不忠的证据，活生生的证据！

我更恨她了。于是，我用剪刀剪烂她的新裙子；在她的米饭里撒沙子；趁她不注意，把她好不容易蓄起来的辫子剪掉；无休止地找茬跟她打架……我乐此不疲地玩着各种折磨她的游戏。而她，从不告诉那个女人和爸爸，只是躲在角落里默默流泪。

我的童年就这样在我折磨她的游戏中过去了。

10厘米

初一，我和许秋若被分在了一个班。成绩好又漂亮的我们成了“两朵班花”。只是，我们都生活在各自的圈子里，从不“越界”。每次有人问我：“秋水，秋若是不是你姐姐？”我都会冷冷地回答：“我没那么恶心的姐姐。”“是吗？”朋友们颇感意外，但看着我的神情，就都不再问了。时间长了，大家都知道，“许秋若”三个字对我来说像毒药，不论谁在我面前提这三个字，平时很友好的我都会变得很不客气。

很快到了文化节，学校组织了文学赛，每班选派一人参赛。“秋水的文笔多好！”“就让秋水参加吧！她会为咱们班争光的！”真的，我对文学有种特殊的感情，也许是被压抑久了，便喜欢用文字表述心情吧。我认定了这次会派我参赛，所以，当老师宣布由许秋若参赛时，我的脑子像被闪电击中一样。许秋若！我狠狠地念着这个名字。虽然我知道，她在文学方面也很有水平，但我相信，我比她优秀。

晚上，趁她不在，我溜进了她房间，看着那红灿灿的参赛证，我忍不住把它撕得粉碎。我等她来找我评理。没想到，第二天，老师却宣布，许秋若把参赛资格让给了我。

我应该高兴，不是吗？可是，心里莫名升起一层雾，搞得我好心烦。

5厘米

真没想到，一直到初二，经过了三次大调班，我和许秋若还在一个班。只是，我们依旧遵循着“井水不犯河水”的规则。

有一天，我领奖回来，把奖状随手一放，便出去了。回来时，离得很远就听到教室里有争吵声，疾步走进教室，我惊呆了。许秋若——那个平日里安静乖巧的班长，满脸通红，情绪激动，正被几个同学抱住手脚。她对面，是一个脸被抓得“阡陌纵横”的大男生，还有我的被撕烂的奖状。

听朋友说，我出去不久，那男生说，看不惯我的高傲自大，抓起我的奖状就撕。这时，许秋若疯了一样扑上来，试图抢下奖状。

我心里突然不知道是什么滋味，心酸，还是感激？感激？

0距离

初二下学期，我喜欢上了班里一个男生，便写了封信悄悄塞进了他的书包。

第二天，我的眼睛不时瞟向那个男生，和朋友说话也心不在焉。“秋水，你怎么了？生病了吗？”没想到许秋若会突然打破“规则”关心我。“没事！”我很不耐烦地回答。

突然，我看见那个男生从书包里拿出了一个粉红色的东西——我的信！我险些惊叫起来。更让我想不到的是，他居然拆开信，大声读了起来。啊！不要！旁边的一声声尖叫，一声声嘲笑，像一个个巴掌打在我脸上。我双颊发烫，眼泪也流了出来。“快看看谁写的！”有人催促那个男生。“许？署名是许。”顿时，目光都集中在我和许秋若身上——全班只有我俩姓许。流泪的我，尤其让人怀疑。

许秋若再次做出了让我目瞪口呆的事情。她三步并作两步走到那个男生面前，狠狠甩了他一个耳光，夺下他手里的信撕个粉碎，并恶狠狠地说：“是我写的，怎么样？你这样的男生真让人恶心！”全班一阵嘘声。

放学前，我在许秋若的笔袋里留了张字条：六点整，学校长廊，不见不散。

我问她，为什么一次又一次维护我？她只说了五个字——你是我妹妹。我的泪突然就涌了上来。

我终于忍不住对许秋若，不，对我亲爱的姐姐说：“如果我们之间的距离可以用直尺丈量，那我希望，这距离，永远归零。”

悔悟录

崔　峰

人生无悔。

——我的座右铭

我原来从不后悔。古人云“人非圣贤，孰能无过”，我非圣贤，自亦有过，但我从不因“过”而后悔，因为总觉得后悔没用！

游戏厅还真是好去处，只要我精力充沛，时间有余，钱财无忧，我就会去潇洒走一回。要么呼朋引伴，共斩BOSS；要么独行虚拟，成就霸业。我将现实中的不满、生活中的委屈、学习上的困难都寄托在这上面。

渐渐地，我由一个名不见经传的“菜鸟”成了闻名遐迩的“大虾”。不知不觉中，我陷得很深很深。

每每看到一些同龄人被家长们或打或拉地弄回家，我总为自己庆幸：父母都远离我而去了，伴随我的只有一个耳聋的奶奶。谁都管不了我——包括我自己。

正值寒假，又是玩游戏的大好时机。我和一位不相识的高手过招（我从不问对方的姓名）。正玩得兴起，忽然见他变得神色慌张，原来他的老爸找来了——一个高大健壮的男子。他爸把我支开，坐在我的位置上，拿出钱包放在桌上，扭头对他儿子说：“我来跟你玩，如果你输了，立刻跟我回家，永远不要再来这个地方。如果我输了，我脱件衣服，咱俩接着玩。”

结果很明显，“高手”三下五去二就挂了他的老爸。没办法，“质”的差别，“老爸”就像是个活靶子……

“老爸”愿赌服输，利索地脱下了外套，一件打了补丁的棉衣露了出来，破破烂烂的。不一会儿，棉衣又被脱掉了，接着是一件贴身内衣……

看得出，“老爸”很痛苦，他很冷，但与挽回儿子的心相比起来，那又算得了什么？

看着这一切，我的心突然很痛很痛……

“高手”的面部表情开始由惶恐到惨白，然后是泪如雨下……他终于悔悟了。

见此情景，我夺门而出，终于也悔悟了……

（指导教师：崔益林）

第四部分

心的呼唤

月光透过薄薄的云彩，淡淡地洒在大地上。地上的一切仿佛都被蒙上了一层轻纱，显得那样遥远而神奇。在这似真似幻的月夜里，我的心又飞回了家里。眼前重现了妈妈的笑脸。我的心儿啊，如那古人笔下的婵娟般，缥缈又孤单。

——李倩倩《假如我是您，妈妈》

跨越那道门

陈　风

“砰”的一声，门剧烈地摇晃起来，隔在怒气冲冲的父亲和同样怒气冲冲的我之间，我听见爸爸在屋里吼道：“你有种，出去了就别再回来，别进这个门。”

“不进就不进！”我冲下楼，奔出单元大门，跑上马路。

华灯初上，街上的人都匆匆忙忙地赶路，赶向各自温暖的家。

“爸爸，你吹呀！”“好，爸爸吹！呼——”“噢！风车又转喽！”

一位年轻的父亲搂着自己的儿子，从我身边走过，望着他们，我仿佛看到了自己童年那段和父亲嬉戏的日子，和睦而温馨。

不知是爸爸老了还是我长大了，两个人的思维开始变得不同，而且爸爸总是很粗暴地把自己的观念、准则强加给我。我们两个人中间隔着一道铁门，生活在各自不同的世界里，我断定：这道门是紧锁着的，永远也不可能打开。

我绕着小路走了一圈，又回到了家的门口。

回去吗？我问自己。

街上的行人越来越少，我仰起头，在林立的高楼中寻找自家的那个窗口——灯亮着，父亲是在等我回去吗？脸上还凝固着那怒气冲冲的表情吗？

我靠着一根柱子站定，眼睛呆呆地望着那窗子。

其实只是很小的一件事，怎么弄成这样？可能爸爸并不是有意把那些我辛辛苦苦集来的邮票扔掉的，也许他以为只是一些破烂的小玩意罢了，何况我从没告诉爸爸自己喜欢集邮。但问题是他为什么明明知道自己误丢了儿子的东西还要为自己找借口，连一句好听的话也没有，还要说：“我连你都可以扔出去，何况几张破纸？”我就不能容忍他的这种蛮横，就是不能对父亲的任何训斥都恭恭敬敬地说“是”。

我把手插进裤兜里，手碰到一个硬东西——家门的钥匙！

一家家的窗子断断续续暗了下去，可父亲房里那扇窗子，还亮着。

也许一开始自己的情绪过于激动了，或者自己不该那样粗暴地嚷："你有什么资格扔我的东西？"也许是父亲在等我回去，可是，回去了又会面对怎样的一副表情呢？

灯光一直亮着，路灯也越发亮了。

等等吧，等父亲房里的灯熄了再回去，可那灯光一直亮着，一直亮着。我将钥匙掏出来，放进去，再掏出来，又放进去。不知过了多久，当我再次抬起头时——啊，灯熄了……

于是，我捏着钥匙，上楼去，伸出手去开那扇门，钥匙刚一触到门——啊，门竟然没锁！原来我一直无法跨越的这道门，根本就是开着的。

（指导教师：赵俊辉）

常涛哥哥

杜晴雯

确切地说，他应是我继父与其前妻的儿子。

六岁时，我有了新爸爸，偶尔，他的儿子也会过来小住几天。于是，我认识了他。

其实，他不应姓“常”，只是父母离异后，改用了母亲的姓。爸爸与那个阿姨是在奶奶的要求下一手促成的，没有爱情的婚姻，终究是会破裂的。只是，奶奶当时应考虑孩子的未来。常涛……

当时，我很小，他也不愿跟我多说什么，只是说些笑话，比如：“你知道我为什么这么聪明吗？因为常喝聪明泉呀。”他不时指着手里的冰饮对我笑。他也很顽皮，和我们追闹的时候，一溜烟就跑得没踪影了，然后从楼房旁一个又窄又陡的坡上滑下去，只留得我们站在上面发愣。我的卧室和他的只隔一面花墙，所以晚上睡觉时，我们能一直说话；在外面玩时，他也会逗我和我的伙伴；但每当上学时，他总是先走，在校园里，也不理睬我。

后来，我们就聊些学校的事。他常跟我提起他的老师，“知道吗，那老家伙打人狠着哩！揪着你的脖子，用手，用拳头猛打你的脸；上回我挨打，没过几下，就晕得不行了。”“啊，你总被老师打耶？”这对于我来说，无疑不是一种胆战心惊。“嗨，家常便饭了。你见过我班那个特肥的男生吧，打架特酷，一拳就能把你打到墙上半天下不来！”这时，他总会笑笑，继而又说：“我在我们班打架排第四。”

一天，我去学校，在上楼的时候，就听见有人议论纷纷，说某某老师发威了，正在办公室练人呢。我继续听下去，居然听到那个倒霉鬼正是常涛！我感到心里有些沉重。课间，我会瞟到常涛在校园中追逐的身影，像小雀一样，仿佛这时的他才是真正的他，才是快乐无忧的他。

每当我乱花钱时，父亲总爱对我提常涛，“你知道吗，每天早上我去买早点，都能看见他正在小摊上吃包子，吃一口包子，喝一口水，每次我看得都心疼……”我常常纳闷，既然他在他母亲那儿生活得不好，干吗不和我们一起生活呢？可是，这是多么的缥缈啊。

后来的常涛留着长发，我怎么看也不好看。恰巧听见母亲与邻居唠家常，邻居奶奶总会说：“那孩子小时候白白胖胖的，怪可爱的；现在那打扮？！”我知道，那是在说常涛。

在我眼里，他似乎笼罩在一种单纯的快乐下，没有过多的不幸、郁闷；而且我觉得，他应是一名优秀的孩子，不管哪一方面，但到底是什么改变了他呢？

初三毕业时，父亲托关系将常涛送进了警校。临行那天，他又来到我们家，只见他剪成了短短的头发，偎在父亲胸前，笑着望着我们，幸福漾在脸上。我只说了一句“你的发型不好看”，却不想那会是我们的最后一句话。

后来，他便去了，几乎没有再见到他。只是有一次，当我扛着书包气喘吁吁地去奶奶家时，我模糊地看到前方走来一个人，在对我笑。我当时没戴眼镜，没有辨出他是谁，便一边想一边走地和他错过了。后来，我终于意会到那人就是常涛，顿时，一种沧桑袭上心头。

多么希望现在的常涛哥哥还是以前的常涛哥哥。

遗忘了的礼物

宋 词

在家里，父亲有一个没有上锁的抽屉。我从来没想过要去看看里面放了些什么。源于一次偶然的机会，我打开了父亲的抽屉。

那天我独自在家，正给朋友写信，信写到一半，笔没墨水了。我翻了半天，也没找到一支好用的笔，忽然记起父亲的抽屉里有笔，便拉开了父亲的抽屉。

抽屉里的东西整理得很干净，父亲常用的一支笔很显眼地摆在角落里，但我没有马上拿出来，而是拿出了父亲的东西：备忘录，笔记本，名片盒……

在抽屉最深处，我看见了一个精致的纸盒。觉得很眼熟，半晌才想起那是母亲给父亲买的手套包装盒。手套早就用旧了，可这盒子还是那么新。

很自然地我打开了盒盖，谁知里面就放了一张卡片，我忍不住笑了：还以为父亲在里面放了什么重要的东西呢！

卡片很普通，街上到处都买得到的那种，不过，卡片上图案的意境很美：一支静静燃烧的蜡烛，一杯热气腾腾的咖啡。我的心动了一下，觉得这张卡片在哪里见过。我慢慢拿起卡片，又慢慢地打开。洁白的卡片上写着几个稚嫩的字："爸爸，新年快乐！"。字旁边有一幅钢笔卡通画：一个戴眼镜的中年男子，牵着一个快乐的小女孩，向前迈着大步，身后留下一串串清晰的脚印……

我想起来了，这张卡片是我送给父亲的。那还是上小学时的事情，具体时间也记不清了。

有那么一阵子，学校流行送贺卡。我买了一摞，也顺便送了一张给父亲。但没想到，过了这么多年，父亲还一直珍藏着这张我早已忘却的卡片。上面的卡通画显然是父亲后来加上去的，我当时只在卡片上写了几个字。

眼前的卡片变得模糊起来，泪水不知不觉涌出了眼眶。给父亲送张卡片并非一件难事。我却一直认为这只是小时候的浪漫事儿，从没放在心上。这么多年来，我再也没有送过什么东西给父亲，不管是父亲的生日还是其他重要的节日，然而，我又心安理得地接受着父亲送我的礼物。我的小书橱里堆满了父亲送我的礼物，可我却很少打开橱门看看它们，丝毫不觉它们在凝聚着点点爱意。

泪水“啪”的一声滴落了，在卡片上洇开了一个圆圆的圈……

（指导教师：董丰）

我读懂了父爱

梁晓清

我一直觉得与父亲之间有一层隔膜，使我无法了解父亲，这也许是人们所谓的“代沟”吧。

父亲是一个老实巴交的农民，又长又密的头发打着几个自然卷儿，脸上几道皱纹，皮肤黑黑的，是叫太阳晒黑的吧，父亲说这是健康的肤色。父亲的手很粗壮，上面满是老茧，厚厚的，恐怕连针也刺不透。父亲一年到头就只穿几件破旧的衣服，也许这辈子也不知道什么叫时髦了。不知怎的，我对父亲的衣着总是看着不顺眼，几次劝他去买几件新衣服，可他总是淡然一笑。我对父亲除了尊敬之外，毫无父女间应有的那份亲昵感。可是那件事却转变了我对父亲的看法，使我懂得了深沉的父爱。

那年冬天，北风不知被谁惹恼了，拼命地吹着，雪花也钻出来凑热闹，漫天飞舞。我迎着北风奋力向家骑着自行车。实在蹬不动了，我便下来慢慢地推着。雪花也许被风吹得受不了了，一个劲地往我身上钻，我于是走了那条不常走的小路，因为小路上是逆风，所以人不多。我仍旧慢慢地走着，结果比平时迟了近一个小时才到家。刚到家，母亲便告诉我，父亲到学校接我去了。我不以为然，认为父亲很快就会回来的。可天色越来越晚，仍不见父亲的身影。母亲急了，刚要出门，父亲带着满身的雪花回来了，鼻子、耳朵都冻得红红的。原来，父亲以为未放学的高年级是我们的班级，竟在校门口一直等到他们放学。

我震惊了，父亲竟在雪地里站了那么久！我看着父亲冻伤的手和脸，泪眼蒙眬。父亲过来说了句“回来了就好”，便转身走了。

刹那间，我觉得那道隔膜消失了，原来父亲也有爱，只是我未察觉。朦胧的泪光中，我想起学习时父亲默默站在我身后的影子；想起父亲拿起我奖状时高兴的样子；想起我生病时，父亲骑车驮着我找大夫差点和别人撞车的情景……

我忽然觉得，父亲的爱绝不亚于母亲所给予的，它是含蓄的，深沉的，只有用心才能体会得到。

从那一天起，我懂得了父爱。

假如我是您，妈妈

李倩倩

月光透过薄薄的云彩，淡淡地洒在大地上。地上的一切仿佛都被蒙上了一层轻纱，显得那样遥远而神奇。在这似真似幻的月夜里，我的心又飞回了家里。眼前重现了妈妈的笑脸。我的心儿啊，如那古人笔下的婵娟般，缥缈又孤单。

妈妈，离开您的日子真的好难。与人的交流更是好难好难。在家里的时候，我总是像只柔弱的小鸟一样被您关在笼子里，从未搏击过风雨，也从未和其他“野鸟”嬉戏过。我多么嫉妒那些叽叽喳喳的麻雀，它们一天到晚吵不完的架，而我，连一个吵架的人都没有。

妈妈，一进入中学，我才知道有那么多的人才。她们多才多艺，能歌善舞，我是多么羡慕啊。可我，除了整天抱着书本啃以外，您什么也不让我接触。您不允许我有什么“业余爱好”，您说那些都是不务正业，是浪费时光，是虚掷青春。

妈妈，您给我做的衣服真合身；您给我絮的棉被真暖人；您给我送来的饭菜真可口。可我，是中学生了，不愿被您养在温室里，不愿被您关在笼子里，更不愿躲在您的羽翼下。

妈妈，希望您能够坐下来，听一听女儿的心里话。

假如我是您，妈妈，我不会过多地约束自己的孩子，我会带他们出去玩，去接触大自然，让他们懂得，大自然是一部更耐读的大书。让他们懂得，生活比书本更丰富，更精彩。

假如我是您，妈妈，我会给自己的孩子充足的时间去发展他们的特长。生活需要七彩的阳光，读书不是终极目标，而是为了给生活添更多光彩。

假如我是您，妈妈，我不会教他们太多太多的道理，而要让他们学会去适应社会、适应生活。我会放手让他们去与别人交往、沟通；我不会借口

“不放心”阻拦他们与同学间正常的关系。

假如我是您，妈妈……

我抬头望去，淡淡的云彩不知何时已消散，月光更显皎洁。我知道，月亮中也有阴影，虽然历代文人歌颂它的诗篇数不胜数。我也知道，月亮也会被乌云遮没的，但那只是短暂的。

圆圆的月亮啊，带去我的祝福与希冀吧——给远方的妈妈。

母亲的木尺

吴 洁

在某一个角落，又发现了那一根木尺。旧旧的，岁月已模糊了它的刻度，但它记录下来的回忆，却时时在眼前闪动。

儿时，母亲总是带着这木尺，在灯光下，用它测量布料，接着是缝纫机的声音，用不了多久，一件上装或是一条裤子，便在母亲的巧手下诞生。那时，穿着母亲手工制作的衣服，无论是碎花小裙还是格子衬衣，我都会极为骄傲，到了学校里，总爱在同学面前炫耀："瞧，这是我妈妈做的！"

也许是长大了吧，母亲木尺下诞生的衣服对我来说似乎已失去了以往的魅力。一次，被某家服装店橱窗里的一套服装所吸引，雪白衬衫下，是条淡蓝色的七分裤，看上去就像是蓝天白云般舒服。我好想把它占为已有，一看标价——啊！288元！我垂头丧气地回了家，却看到母亲又拿起了木尺，依然在布料上来回比画着。

第二天，桌上便摆放着母亲昨夜缝制的一身衣服，是浅浅的粉色，却如此的温暖，我的双眼模糊了，只觉得自己好傻，这难道还不抵那288元钱吗？母爱是无价的！

再次看到母亲的木尺，心里暖暖的，但也闪过了一丝畏惧。

母亲的木尺记载着母亲的关怀，同时也铭刻着母亲的教诲。

儿时的我常会因为幼稚犯下小小的错误，却不知"小洞不补，大洞吃苦"的道理。一次，拿了同桌的橡皮，母亲发现了，我却不肯承认，硬说是捡到的，母亲便拿起木尺，狠狠地在我手心抽了几下。我的手被抽得通红，疼得泪眼汪汪。"我知道错了，下次再也不敢了。"木尺被放回原处，我含着泪缩回了双手，只觉得木尺如此无情。

母亲的木尺，是母亲无微不至的关怀，是母亲孜孜不倦的教诲；母亲的木尺，让我懂得勤俭节约，让我明白德行端正。

（指导教师：陈丽妹）

雨中，那张弯弯的弓

左海涛

未曾退却的弓是爹的背影。

蒙蒙下着的雨是爹的诉说。

心泪在流，但泪水冲不掉记忆，冲不走雨中那张弯弯的弓！

高中录取通知书已下来好几天了，我一直没敢给爹说，交费六百多元，对于我的家庭来说，这是个不小的数目，哥哥得病花了好几万，又离开了我们，爹起早贪黑也赚不来那三个不起眼的数字。这三个数字巨石般紧压着我的心。

门外。爹剁草柴的“喀喀”声如打雷，震撼着我的心灵，脑袋里像计算机一样一个接一个地跳出许多问题，这些问题简直像冬天里的冰水一盆一盆浇在我身上。

“海涛。”爹在喊我。我跑出屋。

“爹，啥事？”

“海涛，昨天，碰见常到咱家来玩的昊昊，他说高中下通知了，今天没事，找你同学打听打听，别闷在家里。”我心里一震，心上如虫子爬动一样难受，沉默良久。“爹，通知下了。”鬼才知道我的声音小得那么可怜，可爹还是听见了。“真的？”爹停住了拿刀的手，两眼盯着我，像哥伦布发现新大陆那样惊喜，“快拿来让我瞧瞧！”我从衣兜里掏出通知书，递给他，爹像一个考古学家在鉴赏一件刚出土的文物似的，翻过来调过去地看了又看，可我知道他根本不识字。

“海涛，上面写啥时上学？”

“明天。”

“啥？明天？这么快！咋不早给爹说？”我呆呆地站着，脑袋像铅一样重，不知如何回答。

“是不是学校里要的钱多？”我点点头，爹叹了口气。

“你哥走了，只有你这么一个希望，爹吃了一辈子瞎饭，不想让你和爹一样，不管咱家多难，砸锅卖铁，爹也要供你上学。”爹的话如针一般刺着我小小的心。

“好好念书，考个好大学，娶个好媳妇，爹一辈子也就完事了。”爹重重地舒了口气。

我的泪早已充满眼眶。眼前瘦小的爹呵，那风吹日晒的脸上爬满了皱纹，眼窝深深地陷了下去，一双干如树皮的忙碌了大半辈子的手上结满了茧，青筋缕缕暴出。爹那佝偻的身影是我记忆的弓，我越长越大，弓却愈来愈弯，老天，是你构出的这个比例式吗？

时间过得好快，东挪西借凑够了学费，也到了开学的时间，可老天偏偏下起了小雨。爹把我送到车前，摸索着从兜里掏出50元钱，不由我说，掖进了我的书包。“爹从今以后不吸烟了……只要你在校不受委屈，爹咋样都行。”一股无以名状的感动袭上心头，我的泪水流了下来。

我走了，再回头，爹那瘦小的身影仍在雨中，未曾退却的弓似乎更弯了，那是爹含辛茹苦的见证。这弯弯的弓啊，我将使你射出的每一箭，都强劲有力、锐不可当！

心的呼唤

王　敏

岁月匆匆，太匆匆，又是一年已尽。我可以锁住我手中的笔，却锁不住我思念你的那颗温柔的心。我好想问一句：你在他乡还好吗？

又是一个多雨的季节。雨，悄悄织着夏日的童话，细蒙蒙，好美。新疆那边，也有这美丽的细雨吗？

那年你十六岁，中考的不如意让你空手而归。因为不愿意为父母添麻烦，你选择了离开，去了那遥远的新疆。我知道，这次的离别，将会是以后的思念。临走那天，一家人什么话也没有说，只是默默地看着你乘的那列火车，直到消失在蒙蒙的细雨中……

“天涯海角有穷时，只有相思无尽处。”远在新疆的你还好吗？在那里，你寂寞吗？好久，你都没有打电话回来，也没有收到你的来信。知道吗？母亲总是焦急地守在电话机旁，等待着，等待着你的声音；父亲总是憔悴地守在信箱旁，期待着，期待着你的回音。我永远也忘不了：我中考的失败，你的泪会比我先流；我清楚地明白，中考的落第把你的希望变成了失望。

那夜，我失眠了，辗转反侧。你的心也许比谁都痛，可又有谁能了解你的心情呢？十六岁的女孩在外奋斗了整整两年。你不想家吗？谁说不想，你也想啊！可无奈，你又不可以去想，因为你要奋斗，要努力，你要拾起曾失落的心。你为的是什么？还不是你的妹妹和弟弟。你是姐姐，你知道，你是他们的榜样。我好抱歉，我什么也没有做，唯有等待一个失望后的希望——

希望自己脚踏实地地去走完自己选择的路——那条掺杂着百般滋味的留级生之路。即使有再多的苦，再多的痛，我也要勇敢地往前走。纵使那条路长满了荆棘，纵使自己唯一的“武器”鞋丢了，我也要走完。读书是苦，但乐在其中。“宝剑锋从磨砺出，梅花香自苦寒来。”

我不会再让你失望。相信，明年的中考我会成功的。因为那里寄托着你的一份希望，那里蕴涵着我的一份努力……

千万个思念汇成一句话：祝你快乐——姐姐。

爸，四年后咱再喝

曾国霞

密密的雨丝斜织着，轻轻地打在脸庞，眼中的泪似泉涌一般，我明白了你的心，我懂了我在你心中的地位，我会努力的！

——题记

起风了，吹得很厉害，你踉踉跄跄地从门外走来。一看就知道你喝醉了。扑通一声，你滑倒在水坑中，很痛苦的样子，你的一只鞋也不知丢哪里去了。刚刚下了雨，这水多凉呀！我马上跑过去扶你，这时，才发现你满脸是血。你知道吗？我当时吓得两腿发软，差点儿就跌倒在泥水中。

我想扶你回房间，可是你跪在那里怎么也不肯起来。"我对不起秀丽，我是个大糊涂蛋呀！"你一直在哭喊着。见你这样，我的泪水也止不住地往下流。

"不要哭，快回屋睡觉去吧！"你用发直的舌头对我说。

"不，你不起来我就不回去，除非你起来，否则我陪你在这待着！"

费了好大的劲才把你扶起来。可是你刚站起来，却又哭了起来："秀丽不在，我不回房间。我要在这里等她回来，当面向她赔礼，我没能耐，我对不住她呀！想当初，她哭着喊着要求去上学呀，而我呢，硬是狠心断了她的这条路呀……闺女，我对不住你呀！""爸，姐不会怪你的，妈妈已经给她打电话了，姐姐马上就回家，我们先进屋。"

其实，姐早就不怪你了，我们姐弟三人都在上学，而你身体又不好，这是没有法子的事呀！姐不止一次地对我说过："咱爹不容易，你要好好念书，将来好好孝敬咱爹。"

"不，我的秀丽没回来，我就在这里等。我对不起你姐姐呀，我在这里诚心地向她道歉……"

雨还在下着，风也比刚才更大了。

“爸，你看，老天爷都被你的诚心感动了，姐决不会怪你的，咱快回屋吧！”我们就这样僵持着。

雨啪啪打在脸上，真疼。你脸上血一道泥一道的。瘫坐在泥水中的你，就是不肯回房间。

“下雨了，霞儿，你快回房间，别感冒了，明天你还要上学呢！”你大手一挥，向我下命令。

“不，我也不回去，我在这里陪着你。你不回屋，明天这学我也不上了。”我哭得更厉害了。

“你……你一定要上学啊，听你的，我们回屋去。”你从泥水中爬了起来。“你在学校里可要好好学习，别只顾玩……看看你姐在厂里多累……我对不起你姐，再也不能对不起你了，你放心，现在家里虽然也不是很好过，但只要你念书，再大的困难我也能扛……”你絮叨着。

你终于睡着了。

密密的雨丝斜织着，泪水与雨水混在了一起。在这之前，我从未把你看作我的骄傲，可就在今天，我明白了你的心，我为有你这样的父亲而自豪！

但愿四年后的今天，我考上大学之时，能陪你“痛饮一杯庆功酒”！

妈妈，我想对你说

曹晓庆

亲爱的妈妈：

您好！

春华秋实，风霜雨露，品一杯感恩酒，浓浓的暖意涌上心头。

十五年来，月圆了又缺，缺了又圆。瑟瑟寒风中，脑中的画面不停翻转，最终定格在您那张饱经沧桑的脸上。

小时候，您的肩膀就是我“最舒服的椅子”，坐在您的肩上，我多么自豪，多么快乐。

上小学时，您每天送我去学校，雨天也不间断。雨天，您披上雨衣，骑着摩托，让我坐在您前面，面向您，双臂紧紧抱着您，头贴着您的胸脯，这样，我就一点雨也淋不到了。到学校后，看到您的脸和手被雨点打得通红通红的，我就很内疚，希望自己快快长大。可是，您一点也不顾自己，为我叫好早点，又匆忙地披上雨衣往单位赶。吃着您叫好的热腾腾的面，我心里别提多幸福了。

您没有很高的学历，但亲戚朋友们对您却很佩服。从他们口里我知道您学生时代成绩非常优秀，但因为家里穷，您不得不早早放弃学业，为家里生计操劳。听了这些，我更加佩服您，爱您。妈妈，我一定好好学习，把您以前没有读完的书全读回来。

小学的日子一晃而过，带着新的希望和渴求，我升入初中，踏进了宜都市外国语学校的大门。因为离家远，我开始住校，于是，回家的日子少了。妈妈，没有了我的拖累和捣乱，您一定能过得舒服点吧？我常常这样猜测。

上次礼拜天回家，踏进家门看到您的瞬间，您那略显苍老的脸和关切的眼神，真让我心酸。晚上，躺在您为我铺好的柔软舒服的床上，我感觉自己是天底下最幸福的人。

最近，听爸爸说您的腰出了些毛病，疼得如锥刺一般。我的心好痛。为了这个家，为了我，您付出的太多太多。我不知道怎样表达自己对您的感情，因为您的儿子不是一个能说会道的人，但我知道，我的双手会做出我应该做的事情……

一分感激，感激您那博大的胸怀，感激您那宽阔的肩膀，感激您那关切的眼神。一分关爱，我将用心、用行动回报您对我所有的爱。

亲爱的妈妈，现在，您一切还好吧！别担心，我正迎着朝阳奔跑，向着自己心中的梦想进发。

您的儿子：曹晓庆

（指导教师：周远喜）

那夜，那月，那人

杨雨凡

幼时的记忆是洒满星光的。

母亲是个讲究生活情调的人，她喜欢和丈夫、女儿一起走在附近一条铺满金黄色落叶的街道上，她觉得这样很浪漫也很温馨。

于是，从我学会走路并有了记忆起，每个夜晚，我和父亲都会陪母亲去那条街道上走走，那份惬意和爱夹杂着秋风从黄叶的缝隙间缓缓抚过，我们会一起走很长很长的路，说很多很多的话，挥洒很多很多的快乐和幸福。

父亲在左，母亲在右，他们伸长胳膊拉着我的双手。我想，母亲的左手与父亲的右手之间的空间，就是天底下最安全最温暖的港湾了吧。母亲的手细腻而温柔，无论什么时候都那么暖和，我甚至能隐约听到母亲炽热的血液汩汩流动的声音；父亲的手粗糙而有力，他的手强壮到可以轻而易举地为我撑起一片天。

有父母陪伴的夜晚，星星总是很亮的。记得家附近一条阴暗的小巷子里没有路灯，只有天上零散的星光和微弱的月光。从小就怕黑的我总不愿走那条巷子，于是，每次要走那条巷子，母亲都会指着月光照在地上的淡淡的银白色说："看，天上有月亮，地上有亮光，月亮旁边还有星星，怕什么呢？"父亲会补充一句："我们都在啊，怕什么呢？"是啊，父亲在，母亲也在，我怕什么呢。最后，也就坦然随他们穿过那条小巷，走向家的方向。

记得那时，父亲很喜欢把我抱在怀里。我的头软软地靠在父亲肩头，父亲就用他的胡子扎我，至今我都清楚地记得那些短而硬的胡子"刺"到脸上时麻麻的感觉。嗅着父亲嘴里散出的淡淡的烟味，享受着家的温馨，那种幸福刻在心里好深好深……

如今，每当我累了，倦了，就会怀念那条洒满爱的小路，就会想起那些溢满幸福的日子，就会不由自主地想家。在家里，即使我什么都不说，什么都不做，只是懒懒地倚在沙发上，看母亲温柔的笑容、父亲坚毅的面庞，也会忘却所有的悲伤和不快，重新振作起来。

（指导教师：王小枝）

爷爷的酒

易俊伶

记得小时候，爷爷常对我说："酒是我的命，你是我的命根子。"那时我总也弄不明白这句话的意思。

那时的爷爷嗜酒如命，一日三餐，餐餐不离酒，有时深更半夜起来还不忘喝上一杯。听奶奶说，一个冬夜，爷爷搂着我看完电视已经十点多了，酒兴大发，偏偏酒瓶空空如也，爷爷硬是一个人摸黑跑到离家很远的商店买回了酒。回来时，嘴唇都冻乌了，脸上一点血色也没有，但是心里乐滋滋的。他也不用什么下酒菜，一个人津津有味地喝了起来。

印象中，爷爷饭前总是端着一杯白酒，先端到鼻子前使劲地闻一闻，然后闭上眼睛，好像陶醉在美妙的仙境中一般。接着，拿起小杯轻轻地抿上一口，嘴巴还"吧嗒吧嗒"两下，尽情回味一番，然后笑眯眯地看我一眼。有时候，还轻轻地捏捏我的鼻子："有你有酒，这样的日子赛神仙！"有时候，饭菜都摆好了，碰到酒壶是空的，家人总会劝爷爷："这顿就免了吧！"爷爷立马变了脸色说："你们想要我的老命啊！"然后背起我乐呵呵地往商店跑……

那时，我十分肯定地认为，这个叫"酒"的东西一定比玉皇大帝的"茶"还要好喝。于是，一个念头在我幼小的心中破土而出。我像爷爷一样偷偷从瓶子里倒了一些酒在杯中。闻一闻，一股刺鼻的气味扑面而来，呛得我险些摔倒在地。我不甘心，又闻一下，这回给人的感觉可真是大不一样了，香香的，辣辣的，特别好闻。我禁不住又闻了一下，嗯，真香！还真有点飘飘欲仙的感觉呢。怪不得爷爷餐餐都要享受一番，原来它是这么香，味道一定也不错吧。

我端起那一小杯酒，学着爷爷的样子，先闻上一闻，然后闭上眼睛将其一饮而尽，还无比陶醉地"吧嗒吧嗒"两下嘴。突然，一种难言的滋味如同决堤的洪水向我涌来，身体内似有一团熊熊的烈火在燃烧。刹那间，害怕、难受……如一团密密的细线，将我层层裹住，让我不能呼吸。接着，脑子里一片空白，眼前一片漆黑……

也不知道过了多久，我醒了过来，只见爷爷坐在我旁边，紧紧地握着我的手，怔怔地盯着我，眼睛里充满了无限的爱怜与悔意……

那天吃饭的时候，爷爷破天荒没有拿酒壶。从此以后我再也没见爷爷喝过酒了。即使逢年过节，大家都劝他喝一点，他也坚持不端酒杯。每次开饭前我总会调皮地问：“爷爷，要酒吗？”爷爷总是慈爱地摸摸我的头，轻轻叹口气，然后异常坚定地说：“不要，我可不能失去我的命根子呀！”我眨眨眼睛，似懂非懂。直到爷爷去世后，我才从奶奶嘴里得知：爷爷的酒龄已经三十多年了，谁劝也戒不掉。但因那次我的醉酒，嗜酒如命的爷爷竟彻底戒酒了，只为了他疼爱的命根子——他的孙子——不染上恶习，健康成长！

“酒是我的命，你是我的命根子”这句话蓦地在我耳边回响，是那样的清晰，那样的亲切。爷爷的情寓于酒中，爷爷的心寓于酒中。爷爷的酒啊，是那般的香醇浓酽！

父女之间

杨晓寒

天阴沉沉的，风呼呼地刮个不停，滂沱大雨毫不留情地下着。哎，老天也在跟我作对，我不由得叹了一口气。我漫无目的地在雨中游荡，脑海中反复出现刚才和老爸吵架的一幕。

“爸爸，你冷吗？”忽然，一声清脆的叫声把我从回忆中拉回来。随之，映入眼帘的是一个步履蹒跚的父亲正把自己的上衣套在一个四五岁的小女孩身上。

“爸爸不冷。”父亲微笑着回答她。“真的吗？”女孩那双水汪汪的眼睛紧盯着父亲。“当然，爸爸会骗你吗？快走吧。”父亲的声音显得有点颤抖。

“我的爸爸能这样该多好啊！”我低着头自言自语。

就在我抬头的瞬间，只见那位父亲颤抖了一下。我再定睛一看，那位父亲的左肩早已湿透，原来他把伞全撑到了女孩那边了。“咳咳……”那位父亲不由得咳嗽起来。“爸爸，你冷了吧？都咳嗽起来了。”女孩说着就准备把身上的衣服脱下来还给父亲。“傻孩子。爸爸不冷，刚才是呛到口水了。”……我再也看不下去了，转身就朝家里跑去……

其实是因为我无理取闹而跟爸爸发了好大一通脾气。这段时间以来，我时常冲着爸爸发脾气，总觉得爸爸和我之间的距离越来越远，像是有一堵无形的墙牢牢地竖立在我们中间。

以前，只要是我开口的，爸爸都会想方设法地满足我。放学路上，坐在爸爸的车前，我用脑袋使劲蹭着他硬茬茬的胡子；阳光下，我心满意足地跟在爸爸的后头穿着新衣裳，嚼着口香糖，喝着“雪碧”；风雨中，我幸福而惬意地躲在雨伞下偎依着爸爸宽厚的身子……

爸爸常常很晚才回家，凌晨两三点又要“离家”，有时甚至一连几天都没机会好好看一眼来去匆匆的他。工作繁忙使他难得的休息时间变得异常宝贵，他原本黑油油的头发中更添了几缕白发。

我怎么忘了？——妈妈告诉我，爸爸每天回来的第一件事就是询问我怎么样了，好不好。他有时没有时间看我的成绩单，要是没考好，他并不会像以前那样抓来就是一顿“暴打”，他现在所做的，就是默默地注视着我，抽空为我做一些不求回报的“小”事情。所有这一切都一幕幕浮现在我眼前。

回到家门口，却看到爸爸那焦急的眼神和那双冻得发紫的双手。原来我冲出去后，爸爸就一直在找我，由于没找着，只好撑着伞在家门口等我。

我走上前，揽住爸爸的肩膀，泪水已忍不住滚了出来。“对不起，我不该那样对你。”爸爸愧疚地对我说。“不，是我的错，是我的错，都是女儿不好。”“好了，好了，没事了。”爸爸抚摸着我的头，安慰着我……

（指导教师：高红杏）

关 爱

宋越时

关爱是什么？是孟郊的“慈母手中线”，是朱自清父亲的背影，是冰心的“小橘灯”，也是欧·亨利笔下的“最后的常春藤叶”，更是我记忆深处难忘的片段。

缝着的红鞋垫

关爱是那一双红鞋垫，它被牢牢地缝在我的心里。

小的时候，妈妈给我买的鞋子总会大一码，妈妈说我的脚长得快，要是不买大一点的，过不了多久，鞋就不能穿了。但是，刚买来的鞋子，穿在脚上可苦了我。我不敢跑，更不敢跳，因为鞋不跟脚，怕一动就掉，所以我只能把它当拖鞋穿。

可老是这样，也不是个办法。妈妈给我买了现成的鞋垫，可就是不透气，用着不舒服。于是已经好久没有做针线活的奶奶又重新拾起了糨糊和剪刀，给我做鞋垫。传统的鞋垫做起来看似很简单，但很费工夫，先要用棉布和糨糊糊“门布”，然后放在太阳底下晒干，再根据脚样剪成鞋垫，这还没成，还有最关键的一步，用线纳鞋垫。缝纫机缝的不透气，得手工纳。奶奶就戴上老花眼镜，一针一针地纳。有时我发现奶奶的手红红的，奶奶说那是被红鞋垫染的，可是当我穿上鞋垫后，很久很久，我的袜子并没有被染红，那时我才明白，这“红色”是奶奶的血。

缝在鞋垫中的关爱，助我舒适地迈好成长的每一步。

包着的橱角

关爱是那个被包起的橱角，它被沉沉地包在了里面。

调皮的我在家里东跑西窜，一不小心我的脑袋撞在橱角上，头上便磕出了一个包。几次下来，小脑袋就成了个马蜂窝。

爸妈见了，又是心痛又是埋怨，不懂得吸取教训的我依然如故，爸妈于是就用一捆布条，两个人一上一下、一放一收地捆包那把我磕出“包”的橱角。从此之后，尽管我在家里依然东跑西窜，但我的头再也没有被橱角磕出“包”来。

包着的关爱，并非是束缚，而是保护着容易受伤的我。

在这么多关爱的围绕下，一路走来的我，怎么会觉得孤独？

（指导教师：潘玲贤）

第五部分

风中的蒲公英

我的身体慢慢地化为灰烬，我知道我的生命快结束了，但我无怨无悔，我用生命来圆一个贫困小女孩的梦，远比将自己浪费在浮华、无用的事物上有意义得多，我安心地笑了。

视野终究是黑了，我无力地飘零到圣洁的雪上。我最后看了一眼小女孩，她那么幸福，那么满足，嘴角洋溢着微笑……

——胡骏《火柴的自白》

一只猫写的传记

毛　倩

我是一只猫，一只平凡的猫。我喜欢的是绝对懒散的生活。偶然的一次机会，我读了一本叫作《奋斗一生》的书。这本书写得超棒！按捺住狂跳的心，我做出了一个平生最重大的决定：我要写书！嘻嘻，不管你信不信，反正现在我就要在我的写作T型台上迈出我的第一个猫步：为我的主人——现任副局长的布濂先生写一篇传记。

布濂，我亲爱的主人，在我的眼中，他是一个绝对称职的好官，至少在我被他买回家的这一个星期里，我几乎天天都能看到他把一大堆文件带回家批阅。瞧，他又在批阅文件了。他的眉宇间流露出一份认真，一份正义，还夹杂着一股莫名的气息。

一天，主人正在忙碌，我正想去蹭蹭他的裤脚，门却突然被敲响了："请问，布局长在吗？"门外传来一个柔媚的女声。只见主人应了句"请稍等"，便起身去开门了。起身前，他还特意将几份文件摆在办公桌最显眼的地方。

门打开的一刹那，一个美女飘进来！看得我猫心乱跳！待我把自己的心拽回胸腔的时候，美女已经坐在沙发上和主人聊了起来。看得出，他们聊得很投机。大约过了十分钟，美女竟凑到主人的耳根和主人聊起了悄悄话。主人听了，原本带笑的脸一下子阴了下来，郑重地说："这不行。""为什么啊？这还不是您努努嘴就能办到的事儿啊！您就答应了吧！"美女说着就嘟起嘴撒起娇来，那表情惹人怜爱，那声音甜得腻人。"不行就是不行。我们局绝对是秉公办事的。你弟弟想进我们局就必须凭真本事进，甭想从我这儿开后门！"主人说着，竟微微发起怒来。美女碰了钉子，只得怏怏地走了。我心里不满地嘀咕：不就是让人家的弟弟进局里工作吗？只要主人您一开金口，那还不是一分钟搞定的事？干吗要惹人家美女老大的不开心呢？

一个星期后，主人的“副局长”帽子上去掉了“副”字，成了堂堂正正的局长。

这天，我无意中看到了主人的日记：今天，那个叫林燕的女人终于来了。她长得确实是沉鱼落雁，叫人难以把持。不出所料，她是来找我开后门的，但被我义正词严地拒绝了。嘿嘿……幸亏前几天给纪检部门的老李塞了个大红包，才从他口中套出纪检部门有个叫林燕的美女专门用美色考验各部门领导的事。有不少领导就是着了她的道儿才栽了的，而我却通过了她的考验。呵呵，升任局长的日子指日可待喽!

原来如此！我的心一下子凉了。我最最敬佩的主人啊，你怎么是这个样子呢?

这时，主人回家了。他又喝得烂醉如泥。自从升任了局长，他每天都是喝成这样才回家。现在，我终于看清了他眉宇间夹杂的那股莫名的气息，原来那是狡诈，是贪婪。原先伪装出的认真、正义早已荡然无存了。我默默地回到了自己的猫窝……

一年以后，主人东窗事发身陷囹圄，所有财产都被查封了。我也被迫放弃写作，开始流浪的日子。

牛、羊、猪的故事

甘凤萍

有一头牛、一只羊和一头猪一起生活在英国一个农场主的庄园里。它们是亲密无间的好朋友。牛很勤劳，羊很善良，而猪却十分懒散，它常在背地里偷吃牛羊的食物。

眼下，正是疯牛病流行的旺季。可怜的牛不幸染上了疯牛病。最早发现牛得病的是猪。它大惊失色，马上跌跌撞撞地找到农场主，添油加醋地借题发挥，强烈要求主人一定要把牛逐出家门，随它自生自灭，免得伤及他人。农场主虽于心不忍，但出于安全的考虑，也只好点头同意了。而此时，猪竟乐颠颠地想：今后，牛的那份食物也归我啦！

羊得知这个消息，也找到了主人，迫切地要求前去陪伴牛。农场主大吃一惊，惶惑地问："牛得的可是疯牛病呀，你就不怕它伤害你？"羊坚决地说："我们是好朋友，它病了，我必须照顾它。"看羊的意志如此坚定，农场主也不好再说什么，顺从了羊的意愿。

于是，羊不分昼夜地守候在牛身边照看它，几个月如一日。可猪却对牛的事漠不关心，还不屑地嘲笑羊是个大傻瓜。

在羊的精心照料下，牛竟然奇迹般的康复了，羊自己却瘦得皮包骨头。这天，羊兴高采烈地来到猪圈，恳请猪去看望牛。猪呢，这几个月来，除了睡，就是吃，长得愈发肥头肥脑了。它骨碌碌地转着绿豆似的小眼睛，不住地打量着骨瘦如柴的羊，竟怀疑它不安好心，来算计自己。于是猪狡黠地装出一副笑脸，说道："羊啊，我很忙，改天再来吧。"话音刚落，它又呼呼大睡起来。羊甚是恼火，悻悻地离开了。

"猪呢？怎么没来？"牛见到闷闷不乐的羊，便奇怪地问道。羊把事情经过一说，牛大失所望，气得吹胡子瞪眼睛。

从此，它们与猪几乎断绝了关系。一天，牛外出干活，从一位朋友口中得知了口蹄疫开始蔓延的消息，并从朋友那儿得到一颗预防口蹄疫的药丸。

回来后，牛将药丸交给羊，而善良的羊却立刻想到了同样身处险境的猪。“它那么傲慢，别理睬它了。”牛劝道。但是羊不顾牛的阻拦，直奔猪圈。牛不放心，紧跟其后。

猪圈里，猪正睡得不亦乐乎。羊叫醒它，告诉它关于口蹄疫的事，并掏出药丸，要掰给它一半。猪吓得打了个寒战。它知道事情的严重性，但它心知得罪过牛羊，害怕它们用药丸报复。转念一想，又恐羊已患上了口蹄疫，传染给它。于是它将脸一沉，“走开！走开！”猪破口大骂，“祖上跟我说过口蹄疫、疯牛病的事，你不想想我们猪是什么人物？你们牛呀羊呀才得的病，怎么可能传染给我？再打搅我的美梦，可别怪我翻脸不认人！”这时，牛恰好赶到，闻此狂言，顿时火冒三丈，压着怒火与羊一块儿回去，让羊服下了药丸。

不久，瘟疫接二连三地发生，农场伤亡惨重，猪也被口蹄疫夺去了性命。农场主看到牛和羊幸存下来，觉得是个奇迹，带着它们到外地过安逸的日子去了。

（指导教师：林爱銮）

发现外星人

胡　芹

"轰——"飞船启动了，我们要去周游宇宙，拜访外星的朋友。

接近火星了，我们的飞船徐徐降落。走出飞船，一阵阵红沙迎面而来，打在飞行面罩上"叭叭"作响。举目四望，到处是红沙。多功能手表告诉我：由于火星大气层被破坏，多种有害射线正直接辐射到火星上，不能脱下防护服！望着漫漫红沙，我不禁感到了阵阵的孤独。到哪儿找外星人呢？我乘上探险车，根据探测器的提示出发了。

突然，探险车停滞不前了。我向前一看，前面有一条河向远处流去。在河的尽头，有一片城市的废墟，一个瘦弱的火星人颤巍巍地从废墟中走出来。我救出了这个可怜的火星人，他有气无力地指了指身后。我过去一看，里面还有十几个火星孩子，他们也被折磨得有气无力。我把他们接到探险车上，驶回了飞船。

飞船经过一颗半径只有600公里的小行星时，生命报告器突然发出声音："此星球外有大气层，内有冰川，有大片森林覆盖，有生命迹象。"这意外的报告使我们按捺不住心头的喜悦，马上将这一消息报告给地球指挥部。三秒钟后，指挥部发来命令："立即着陆考察。"

飞船缓缓降落，我们坐上折叠式喷气飞机绕星球转了一圈。啊！这里有茂密的森林、奇峰，有蔚蓝的大海、碧绿的草原，有奔流的江河、巨大的冰川……忽然，森林里冲出来一个"人"，拿着石斧，用惊恐的眼睛望着我们。他很像非洲人：黑黑的皮肤，用树叶做衣服，嘴唇肥厚，我当即拍了下来。忽然，他扔下石斧，向树林深处跑去……

后来，我们又看到了一群"人"。我们拿着食品，小心翼翼地向他们走去。一个"人"跑来，把面包抢去了。我们发给了他们一些食品，仔细观察他们……很快，我们和那些"人"成了朋友。他们跑来参观我们的飞船，嘴里还发出“咿呀，鲁慢加达呀……”的声音。他们对我们从地球上带来的东西很感兴趣，左摸摸，右摸摸。晚上，那些“人”请我们吃了饭：五彩的羊，两个角的猪，长有四翼的鸡……第二天，我们要离开这里，他们全族老少都来为我们送行。

“轰——”飞船启动了，我们使劲地挥动手臂，与他们依依惜别。再见了！亲爱的外星朋友！再见了！亲爱的异星土地！

害虫王国庆功会

刘富阵

一天晚上，田野里传来阵阵嘈杂的笑声，原来害虫王国正在召开庆功大会。

害虫王国的国王说：“众位爱卿，我们的国家越来越强大了，这首先归功于大家的辛勤劳动。今天，咱们召开庆功会，论功行赏。下面，请各位汇报一下自己的功劳。”

话音刚落，肥胖的卷叶虫第一个发言：“我们生活在树木和庄稼的叶子上，以吃叶肉为生。可是讨厌的小鸟偏偏和我们过不去，专吃我们。现在好了，人类把小鸟捉去关在笼子里，听他们唱歌，还有的更可怜，被人类用网逮去成为桌上的美餐。现在小鸟越来越少，我们再也不用提心吊胆了，吃饱喝足后，我们就不断地产卵，繁衍后代，家族越来越壮大。我们天天成群结队地行动，所到之处，树叶庄稼全成了光杆司令。大王，这是不是我们的功劳？”

“好！大功一件！”国王连声说，“马上奖给你们卷叶虫一块金牌。”

稻田里的害虫——蚂蚱等不及颁奖完毕就蹦上了主席台，尖声尖气地说：“我们是飞行大军，以前我们糟蹋庄稼，老被鼓眼睛、大肚皮的丑青蛙围追堵截，害得我们家破人亡。现在贪嘴的人们把青蛙当成盘中美餐，疯狂地捕捉。这可乐坏了我们，我们在稻田里横行肆虐，害得水稻连年歉收，甚至绝产。我们也是害虫王国的有功之臣啊！”

“有功！有功！”国王高兴地说，“奖给你们一幢别墅。”

站在队伍后面的蚊子和苍蝇看着金灿灿的奖牌和漂亮的楼房，眼早红了。同时嘤嘤嗡嗡地说：“我们生活在人类的各个角落，无孔不入地传播着病菌，使人类患上各种疾病。以前，人类总拿他们的秘密武器——蚊香、杀虫剂对付我们，搞得我们死的死，伤的伤。现在好了，人类使用的蚊香、杀虫剂有很多是假冒伪劣产品，根本杀不死我们。我们成长繁殖越来越快，现已成为害虫王国中的主力军之一，我们是不是也有功劳？”

国王微笑着点点头，也给他们发了奖。

接着，蟑螂、红蜘蛛等争相发言……

庆功会终于告一段落，国王兴奋地说：“听了各位功臣的发言，我的心情无比激动。近年来，因为人类的贪婪、自私，我们害虫王国的发展突飞猛进。但是，我们害虫王国要想更加兴旺发达，还需要大家继续努力，利用人类的自私缺点，多生快生，这样我们害虫王国统治全世界的日子一定会提前到来！”

台下欢呼声、掌声响成一片。

（指导教师：王小梅）

风中的蒲公英

洪 岩

那滴残留着离别的热泪，给那个平淡的晚春抹上了一丝抉择的勇气之美。

——题记

那个莺歌燕舞万紫千红的季节，她悄悄地诞生了。不久，母亲就狠心地把她抛向暮春的最后一缕和风中。就这样，她离开了母亲，飘向远方……最后，她飘落在路边那荒芜的杂草中，生根发芽，显得那么渺小和卑微。没有鸟儿对她歌唱，没有花儿对她微笑，也没有白云向她点头，因为她长得实在太像她身边的那些野草了——可她的的确确是一株矮小的蒲公英。

刚刚破土而出时，她是那般兴奋，因为她迫切想知道这个世界会给她怎样的恩惠：是生在鸟语花香的树丛中，还是长在温暖富庶的花圃里？但当她睁开娇小的双眼时，她哭了。

她不相信自己会有如此凄惨的出生，会有如此多蹇的命运，她更不相信老天会这样无情地伤害一个可怜的孤儿。

不多时，夏雨如期而至，哗啦啦地下了起来，与她的细泪融合在一起，重重地滴落在这不公的世界。

就这样，她伤心地过着每一天。天气一天天地温暖起来，而她的心却感到阵阵的冰凉。岁月悄悄地在她身上留下了许许多多的印痕，她长高了，在野草丛中出类拔萃；她健壮了，与清风嬉戏，与细雨玩耍。但最可喜的是，第二年，她的头上有了一个个含苞欲放的花蕾，丰满而又挺拔，仿佛凝聚着大自然无限的生命力。里面是什么呢？无从知晓，包括她自己。

终于有一天，她用尽自己全身的力量撑破了那些结实的花苞。顷刻间，那一簇簇雪白细腻的蒲公英种子挥着小手出现在她面前，她感到意外而又欣喜。因为，她终于有了自己的孩子。她偷偷地哭了，泪珠洒在那片曾经哺养过她的贫瘠的土地上。孩子们的到来化解了她心头的寂寞，忧郁一扫而光，留下的只有喜悦。她下决心，不能再让自己的孩子像她一样成为孤儿了。

以后，她天天与孩子们嬉戏玩耍，其乐融融。“生活原来可以如此美妙啊！”她想。

但美好的日子总是容易逝去，转眼间，孩子们渐渐长大，要离开母亲去闯荡自己的世界。她无言了。她想到了自己的童年。孩子们以后会怎样呢？她的内心掀起了层层波澜。是留下他们，还是放手？她不知如何是好。这个抉择在她的心中盘旋……可时间不等人，因为暮春最后的一缕风即将来临，这个抉择关系着孩子们的命运。她彷徨不定，急得眼泪都流出来了。

正在这时，她看到远方山崖上的一只苍鹰狠狠地把自己的孩子抛向悬崖。她知道鹰妈妈是要让自己的孩子学会如何翱翔蓝天，改变自己的命运……忽然，她听到了一声凄厉的叫声，那是鹰妈妈抛出孩子时，用内心的悲伤凝集的一声啼叫。这一声啼叫仿佛晴天霹雳，撼动了整个大地。

她，泪如泉涌。

风来了，不容许她再思考，也不容许她再徘徊。于是，她闭上眼睛，轻轻地撒开了她的手。顿时，风把她的孩子们吹向了天空，他们呼喊着“妈妈！妈妈！”可她心如磐石。不久，风停了，她的眼角渗出了一串串珍珠般晶莹的泪……她对着远方的天空呼喊道：“再见，孩子们！妈妈一辈子生长在这片荒芜的土地上，而你们应该离开这片土地，去挑战远方的世界，你们的命运应该与妈妈不同。飞吧，孩子们！妈妈的选择不会错！”

（指导教师：赵煊荣）

“自尊”先生幻灭记

熊 锴

从前有一位“自尊”先生，他来到一座城市。

城市里住着禀性各异、不同理念的人，他们有虚荣先生、自卑骑士、骄傲小姐以及其他千奇百怪的人，他们在此追求各自的人生目标。“自尊”先生刚刚从人类社会漫游至此，欲找寻收集城里所有的尊严，以求“自尊”升华，获得“尊重”。

他先来到美德女神那里。“喂，可笑的肥猪小姐，能从你肥胖流油的身躯中分一些尊重给我吗？我正在收集它，以达到我灵魂信念的升华。这样我就成为城中最受尊重的人了。”

丰满的美德女神没有回答，径直飞上了一朵云彩。

“呵，是个聋子。”“自尊”先生笑道。

他又来到智慧老人那里。“喂，肚皮贴着后背的老头，能用你竹节似的手指，为我从你那面筋般的身躯中抽几丝尊重给我吗？你可能知道，我要成为全城最受尊重的人。”

智慧老人笑了笑，摇一摇他那纸般的身躯，轻轻地飘走了。

“这城市是所哑巴院。”“自尊”先生想，鼻孔里喷出了些愤愤不平的气息，他感到自己受到了别人的轻慢。“我去女王那儿问问。”想罢，他跑到了市中心的王宫。

统治全城的是仁爱女王。她正体态娉婷地站在王宫的石阶上。

“喂，妖精般的女王，给我尊重！”“自尊”先生狂叫道。

女王也没说话，只是把他带到一间大房子里，房子里上下四周全是镜子。女王说：“去吧，找到属于你的镜子，他会告诉你，你的人生信念‘尊重’在什么地方。”“自尊”先生吻了一下女王的手，飞扑到了“尊重”镜前。“他也能让你透视自己的全身。”女王善意地补充道。

“自尊”先生用沾染人类理念污垢的长灰袖抹掉镜子上的灰尘，一点点把它擦亮……

“不，这不可能，我什么也没看到！哪儿有尊重？就连我自己‘自尊’先生也没见着，这是妖镜！”“自尊”先生狂吼道。

“不错，”女王仁爱的手抚摸着“自尊”先生的头顶，“人世间有很多像你这样的人，他们千方百计追寻别人对自己的尊重。但，想得到别人的尊重，他们却从不给别人尊重，到了最后，不仅尊重全然没找着，自尊也消失了！只剩下狂妄、虚伪与自卑……”

“别说了！”“自尊”先生叫道，并痛哭起来，他觉得心中整座自尊大厦开始晃荡，先是慢慢的，后就轰的坍塌了……

（指导教师：周永红）

火柴的自白

胡　骏

我是一根火柴，卖火柴的小女孩的一根火柴。

天气异常寒冷，北风呼啸着，冻裂了小女孩的皮肤，雪珠狠狠地砸在小女孩身上，她冻得哆嗦起来。此刻我正躺在她的怀中，却感觉不到一丝热气。她穿着短裙，薄薄的破旧的上衣，头上的头巾也是破旧的……可怜的人儿!

“卖……火柴……”她就这样无力、沙哑地吆喝了一天，却始终没有人停下脚步，哪怕是投来一丁点怜惜的目光。

我从她破旧的衣服中探出头来，哇，大街上已是热闹非凡，各种美丽的圣诞树将大街装饰得格外华丽。今夜，就是平安夜吧。我要是也能为这美丽的街道献上自己的光芒，那该多好。

小女孩走不动了，她蜷缩在阴冷的墙角。她的双脚已冻得发紫，手也快僵了。我犹豫了：她是那么需要温暖，哪怕一点也好，我是否该点燃自己来温暖她呢?

我正这样想的时候，她已经划燃了第一根火柴，她凝视着那团跳动的火焰，嘴角泛起了一丝微笑，一丝幸福的微笑。“她看到了什么？”我很好奇，在这么困难的条件下，是什么可以让她微笑，让她幸福？第二根火柴被她点燃了，她开心地笑了。我不再犹豫，我决定：将我的光和热给这个最需要的人——小女孩，哪怕只是瞬间，哪怕只能虚幻地满足她的愿望，这就足够了，我已体现了我作为火柴的价值。

我挤在最外面。果然，她拿起我，毫不犹豫地点燃。我释放出了光和热，温暖了小女孩，我的光辉照亮了她失落的内心，即便这要我付出生命的代价。我感觉不到火的灼烧以及它对我生命的侵蚀，我只感觉到生命的辉煌，我的生命在这光与火中得到了升华。我不知小女孩通过我看到了什么，但我知道，那一刻，她是幸福的，我也是。

我的身体慢慢地化为灰烬，我知道我的生命快结束了，但我无怨无悔，我用生命来圆一个贫困小女孩的梦，远比将自己浪费在浮华、无用的事物上有意义得多，我安心地笑了。

视野终究是黑了，我无力地飘零到圣洁的雪上。我最后看了一眼小女孩，她那么幸福，那么满足，嘴角洋溢着微笑……

我是财富

刘永涛

大家好，我叫财富。早就想到人间走访一下，看看我在人们心中的地位怎么样，给人们留下了怎样的印象。今天终于得偿所愿，字典国王准了我一天假。真高兴！闲话就不多说了，我还是赶紧出去溜达溜达吧！

我先来到一个大富翁的宅院。富翁正坐在沙发上听着轻音乐闭目养神。我走到他跟前，轻声问："先生，在您眼中，财富是什么呢？"富翁连眼也懒得睁，不假思索地拍了拍自己的钱袋说："看见了吗？这就是财富，它是我一生最爱的东西。有了它，我想要什么就有什么。哈哈……"听完富翁的话，我心里很不是滋味。

离开富翁，我来到一位正在田间劳作的农民伯伯身旁。我礼貌地问："老伯，在您看来，什么是财富呢？"老伯直了直腰，一只手擦着汗，另一只手指着面前绿油油的庄稼说："到秋天有个好收成，我就算得到一笔巨大的财富了。"听完农民伯伯的说法，我满怀欣喜地离开了。

接着，我又来到一位正在研究学问的学者家中。我蹑手蹑脚地走到他身旁，问道："先生，您是怎样看待财富这两个字的？"学者满脸睿智，语气坚定地说："书和书中的知识就是我的财富。只要有了知识，我就可以走遍天下，我就可以凭借它创造更大的财富。"听完他这番自豪的论述，我也有一种骄傲的感觉了。

天色已晚，该回字典王国了。在回去的路上，我看到了一个流浪汉。再听听他的看法吧！我走过去，对他重复了那个问题。流浪汉的回答却让我大吃一惊，他说："我现在没有钱，也没有粮食，没有知识，但我却有世界上最宝贵的财富，那就是我健康的身体。我相信，健康的身体会助我赢得成功的。"我点了点头，心想：这是一个很有见解的流浪汉。他的回答让我特别满意，我真正感受到了自己存在的价值。

带着从富翁、农民、学者和流浪汉那里得到的答复，我高兴地敲开了字典王国的门，并迫不及待地要把这些字典里没有的关于我的言论写进我的注释中。我相信，人们读了这些，对我一定会有更多的、更深刻的了解和认识。

（指导教师：李辉）

大树进城

黄　芳

明天就是我的百岁大寿了，树子树孙们准备给我举行一个盛大的生日舞会，还将邀请百灵、黄鹂为我歌唱，孔雀、天鹅为我伴舞，我不禁沉浸在幸福的憧憬中……

“嘟，嘟嘟……”一阵嘈杂的声音将我惊醒，只见一辆黑色轿车和几辆大卡车正朝我这边驰来。大卡车上站着一群手拿电锯、铁锹等工具的人，小车里坐着一个西装革履的大款。大款时不时地把头探出来，四处张望，像潜望镜似的。

忽然，大款把手一招，汽车刚好停在我的前面。那大款一下车就绕着我东摸摸，西瞧瞧，还时不时拍我两下。

他们到底要做什么？我心里想。

“嗯！果然是棵好树，估计也有一百年了吧！移到城市里去，显得多古典啊！这样的树太难找了！哈哈，这回我又可以大赚一把了！”

“Oh，My God！他们该不是要把我挖去搞什么城市绿化吧？我这一把老骨头可受不了这种折腾了。”

大款一声令下，那些人就以最快的速度在我的周围挖掘起来。

“哎呀！你们铲断了我的须根……痛死我了……”

“啊！我的主根也被你们挖伤了，快要断了……”

“蠢货，快点干呀，养着你们都是吃饭的！嘻嘻，这棵大树运到城里，一定能卖个好价钱！只要钱到了手，我才不管这些树的死活呢。要我说，多死点也好，这样我就可以源源不断地赚钱了。唉，如今又是别墅，又是‘奔驰’，不赚几个黑心钱怎么能养得起呢？”

在他们一锹一锹的挖掘中，我已经站立不稳了。

“来，大伙儿一齐用力，把树放倒！”

他们真是一群狠心的豺狼，将我这糟老头子全身肢解，把我的根大部分留在土里，把我的枝叶锯断扔在地上，再把我的躯干五花大绑，然后一齐用力，无情地把我扳倒在地上！在落地的一瞬间，我昏迷了……

当我被一阵刺耳的喇叭声惊醒时，我已经立在了车来车往的大城市的一条街道上。这里的空气污浊不堪，到处弥漫着汽油的味道。不远处还有一个垃圾堆，苍蝇满天飞舞，臭气熏天，真是难受极了！我身上的伤口都在流脓，剧烈的疼痛使我一会儿清醒，一会儿昏迷，死去又活来，活来又死去。

“这是造的什么孽啊？这是一个怎样的百岁生日啊？！唉！玉皇大帝啊，行行好可怜可怜我，把我带走吧！他们把我从深山里弄来后，得了一大笔钞票就再也没人管我了。你看，气温都升到41度了，他们连口水也不给我喝，维肤膏也不给擦一点，我……我快要死了……快要……死了……”

（指导教师：方发贵）

大话唐僧

隋东升

不是长得丑的就是妖，不是长得美的就是仙！凡事都得多想一步才好！

——题记

唐僧经历白骨精一难后悟出一个道理：凡事都得多想一步！后来，他做事就养成了多想一步的好习惯。

下面就请听听唐僧取经回来后发生的故事吧！

且说唐僧师徒回到大唐，唐朝皇帝立即设宴款待他们，并封唐僧为一品官，尊号“圣唐大法师”，从此唐僧成了皇帝面前的红人。

一天，唐僧正在家吃饭，突然有人按门铃，开门一看，竟是一美女！她手里提着很多贵重礼品。这么个大美女都记得他，不容易呀！唐僧起初那个高兴劲呀，真是没法形容。那美女是长安一家建筑公司的老板，今天来是想让唐僧在皇上面前美言几句，把重修藏经楼的工程给她！

听到美女的要求，唐僧多想了一步，觉得来者不善，便婉言拒绝了。这之后不久，藏经楼南面的镇经塔无缘无故自行倒塌。皇上龙颜大怒，下令让唐僧查办此事。唐僧经调查发现：这个镇经塔当初的承包商正是想给他送礼的那位美女老板，她在施工过程中大捞特捞，使镇经塔成了豆腐渣工程。

唐僧暗自庆幸：幸亏当初多想了一步，要不然……

又过了一段时间，一位不愿透露姓名的企业老板邀唐僧做广告。唐僧提出要先看产品再做广告，但那老板只是口头答应，就是不见实际行动，并在一天晚上，给唐僧送来 5 00两黄金。看着黄金，唐僧又多想了一步：产品拖着不让看，还拿这么多黄金来，莫非……他立马给质检局透了风。结果，检验人员发现这家公司生产的全是假冒伪劣产品。后经深入调查，发现已有五名高官被他们敲诈过了。如果唐僧当初收下那些黄金，唐僧就……

唐僧一惊，幸亏自己又多想了一步！

前几天，唐僧将他“多想一步”的做法上报到大唐教育学院。经相关部门批准，现在，全国上下都在学习唐僧多想一步的经验呢。

（指导教师：徐月香）

第六部分

成长的声音

如果你是一株即将枯萎的小草
那我们就是春天的雨露
你不必哭泣
放心吧，有我们在
我们会为你感动，洒下春天的雨水
奏响生命的乐章

——徐凡《放心吧，有我们在》

放心吧，有我们在

徐　凡

如果你是一株即将枯萎的小草
那我们就是春天的雨露
你不必哭泣
放心吧，有我们在
我们会为你感动，洒下春天的雨水
奏响生命的乐章

如果你是离水的鱼儿
那我们就是追随你的浪涛
你不必灰心
放心吧，有我们在
我们会为你感动，涌出海水的激情
溅起生命的浪花

如果你是失巢的小鸟
那我们就是葱郁的树林
你不必沮丧
放心吧，有我们在
我们会为你感动，撑起全身的绿叶
筑起温暖的巢穴

如果你是失伴的蝴蝶
那我们就是艳丽的鲜花

你不必气馁
放心吧，有我们在
我们会为你感动，绽放所有的色彩
引来寻伴的力量

如果你是……
不管将会有多少个如果
我们都将与你相依相随
因此，我们可以高声呼唤——
放心吧，有我们在！

（指导教师：黄又春）

枯叶蝶

王倩倩

惊异着：
枯槁的棕灰，
竟隐着生命的
跳跃的光辉。

绚烂，
本属于他人的招摇；
你却兀自
在枯朽残败中燃烧。

未承受过
钦羡的目光
起伏的赞叹。
今夜无人悲伤，
为着你的逝去。

如果我拥有来世，
我想：
我不会请求上帝，
把我变成枯叶模样。
世界总需要色彩，
却不是神伤的灰黄。

（指导教师：张晴华）

童　年

尚安娜

梦，是童年的华章，
童年，是梦的故乡。

理想，似多彩的霞光，
思绪，却雨一般惆怅。
捉一只蝴蝶戴在头上，
剪一块云彩做衣裳。
噢，童年。

笛声，婉转而悠扬，
伴着鸟儿枝头歌唱。
橡皮擦去忧伤，
铅笔写下阳光。
随风逝去的岁月啊，
留下了金色的麦浪。

梦，是童年的华章，
童年是梦的故乡。

静夜思

黄玮玮

月色入户
洒在苍老的土地上
似是故人来

记忆尽头
澄澈的霜雪
日落之国
水蓝色的晚霞

汽笛声在夜的涟漪中扩散
寂寞的火车，满载别离
驶向最远的地平线
远古的星辰从那里升起
有一颗星星
却在孤独地流浪

我站在月光的边缘
月亮的影子　从我的窗棂上
轻轻掠过
一如我的愁绪
飘过千山万水
到达那
令我魂牵梦萦的远方

（指导教师：苏万马）

父 亲

王 研

风雕刻着父亲的手掌
沧桑成土地的纹路
汗水流过父亲的额头
盘点着他一生的财富

杨柳风中
把自己的呓语种在肥沃的土里
等待着绿色的清香唤醒他的梦

热浪声里
古铜色的腰身铸成一把弯弓
锃亮的锄头是射出的箭

南归雁下
庄稼将他梳成饱满的一株
谦逊地低头在无边的海里

成长的声音

马赛禄

年少的轻狂
随着岁月的积淀
开始一点一点消退
只留下深沉的探寻
无力地唤起久远的记忆

笔尖勾勒出精致的线条
斑斑点点的黑色
渗着曾经的激情和疯狂
也伴有几许凄凉

童话
是多少人纯真年代的梦想
却永远那么那么遥远
好似美丽的人鱼
幻化成海边的泡沫

成长的声音
那么那么轻
你在听吗
听这成长的声音

我不知道

可我清晰地感觉到了
青春拔节的疼痛
那么明亮的伤痕
那么尖锐的印记

（指导教师：王惠玲）

剪 刀

刘 红

剪刀，
一半是父亲
一半是母亲
他们共同剪出了活泼可爱的我
剪刀，剪出了我乌黑的秀发
也剪出了父母花白的双鬓
剪刀，剪出了我靓丽的容颜
也剪出了父母满脸的皱纹
剪刀磨直了我强健的体魄
也磨弯了父母的腰背
剪刀，剪短了岁月
也剪出了新的希望

（指导教师：陈连之）

自由幻想曲

赵　锐

夕阳的余晖洒进教室
让一切都变得那么梦幻
抓住一个热气球，带我在天空遨游
把那七色的彩虹全部塞进书洞

鸟儿叽叽喳喳　我面对窗外发懵
老师陌生的语言
让我感到窗外的世界更精彩
想想树上孤单的秋千　球场上英姿飒爽的投篮
哎　一切离我们太远太远
笔尖与纸的摩擦声　让我心烦意乱
一张张的试卷　堆积如山
天啊！想要自由怎么就这么难……

面对老师喜怒无常的脸　我们只能私下里叫“惨”
作业写到半夜　突然发现　数星星也是一种消遣
但我们没有时间

我低头冥思苦想　豁然顿悟
也许　自由就在不久的将来
也许　自由就掌握在自己手中

关于天空

徐光强

谁说在天空中飞翔便是自由，
多少鸟儿
因为自由的风暴折断了翅膀？

谁说天空是蔚蓝蔚蓝的，
可知道
那是大气分解阳光的假象？

谁说天空是高高在上，
若是这样
那么太阳居处何方？

不要忘记，
同样是自由的时候
自由同样有夭亡生命的阴险！

面对遥远的时候，
不要相信自己幼稚的双眼！

如果看到火红的太阳
太阳后面
还有更远更远！

挑　夫

夏　宇

把岁月叠成担子
重重压在肩上
走过朗朗的天
走过朗朗的夜
把脊背都压弯了呀
压成了月亮

挑着历史这副担子
真沉啊

清凉的古道上
你把生命绷成一张弓
父母兄弟都是弓的姿势
脚印叠成人生
呐喊透着沧桑
一天天　一年年

如今我沿着这一脉脚印
抵达你们的行列
请把扁担交给我吧
因为　我同样是
母亲的儿子

第七部分

思想着的芦苇

少年的努力不可少。少年应该英姿勃发、朝气蓬勃，像雄鹰一般矫健，翱翔于高空中。不要随波逐流，要另辟蹊径，要在冰雪覆盖的寒冬中去找寻花红柳绿的春天，然后在春天里迈开大步，共舞明天！

——朱丹蕾《中国少年说》

思想着的芦苇

王　静

在心灵的深处，摇曳着一群生命的精灵。他们有着近似枯黄的颜色，却折射出生命中最坚强的一幕。微风轻轻吹过，它们固守着江边那片贫瘠的土地，默默倾吐着生命的诗行，它们的名字叫芦苇。

乌江之畔，西楚霸王和虞姬共同演绎了一出生命的悲剧。那夜，听着垓下凄婉的楚歌，项王想起了自己在江东父老面前许下的承诺。败局已定，他不禁潸然泪下：“力拔山兮气盖世，时不利兮骓不逝，骓不逝兮可奈何，虞兮虞兮奈若何！”明白事理的虞姬拔剑自刎，在乌鸦的嘶鸣声中，她似一片芦叶飘落在地，鲜血染红了芦苇。

易水之边，荆轲接受了燕太子丹的嘱托，抱着视死如归的念头，走在壮士前进的路上，那把匕首成了他打开死亡大门的钥匙。“风萧萧兮易水寒，壮士一去兮不复还。”歌声回荡在芦苇之间，芦花笑了。荆轲悲壮的思绪如瑟瑟的寒风，依偎在芦苇的怀抱中。

风不懂，雨亦不懂。屈原的情怀寂寥如高山流水，沉稳似空谷幽兰。“路漫漫其修远兮，吾将上下而求索。”在那个成就英雄也成就小人的时代，他的理想蓝图销声匿迹于奸臣的谎言里。一场场刀光剑影里，血腥的杀戮令他绝望，于是，他毅然抱石投江。芦苇见证着忠者的无奈和反抗，沉沉地摇晃着。

在红尘俗世中，他们不想做任人摆布的棋子。曾忆起，缕缕思绪在群山中穿行。宽阔的湖畔，他们为了坚持自己的理想，宁愿做荒野没有归宿的灵魂。

芦苇笑了，仰首唱歌，在碧空如洗的天空下放飞自己的思想，在微雨的黄昏中唱出心中那份执着。

渺小而孱弱的芦苇，在柔弱中透出坚强，用一颗坚韧的心抵御着世俗的寒风，在顷刻间拥有了思想。

做一支有思想的芦苇吧！

呼唤“百草园”

赵　睿

《从百草园到三味书屋》是我们初一时学过的鲁迅先生的一篇散文。记得老师讲得很生动，那“百草园”的乐趣，也曾撩动过我年少的心扉。课文中的有些句子至今还记忆犹新：“碧绿的菜畦，光滑的石井栏，高大的皂荚树，紫红的桑葚……”“油蛉在这里低唱，蟋蟀们在这里弹琴……”那时候，我一边学习课文，一边脑海中也闪过一些与课文无关的想象：哈，原来鲁迅小时候也很好玩，拔何首乌而且还弄坏过泥墙根！而读书呢？却不大感兴趣。要是在今天，他一准评不上“三好”生，也不知道他后来怎么会成为一位闻名海内外的大文学家的。我的这些想法，自然没敢去问老师。

想起来这都是两年前的事了。现在则是读书、读书，作业、作业，升学、升学，很少有空去想别的了。但，是“三味书屋”好，还是“百草园”好，还是两者都好？这个问题仍旧在我的脑海里打转。也真难为我们的语文老师，鲁迅在文章中所赞美的，生活中并未推行；他所贬斥的，生活中并未完全禁止，岂止是未禁止，有人还将其“奉为神明”呢。假若有人向老师问起这事，她该如何回答呢？

“三味书屋”中的老先生“方正、质朴、博学”，是中国封建社会老师的“楷模”。他不仅光凭戒尺、罚跪，强制学生读书，而且自己也大声地读“铁如意，指挥倜傥……”颇有些身体力行的样子，但学生们大都为“不肖子弟”。他们几乎对什么都感兴趣，唯独无心读书。这不能不说是个悲剧。

时至今日，学生们坐在明亮的教室里听讲，封建私塾的情景被一扫而光。然而，幸福之余亦有几分忧虑。不少老师和家长对学生仍旧是硬关，硬管，上课同样是硬填，硬灌。学生从早到晚，除了吃睡外，几乎全泡在书本和作业堆里。和鲁迅先生的“三味书屋”没什么两样。有人曾形容当今学生之苦“简直是在蒸包子，不到毕业，甭想出笼”。不用说拔何首乌、摘覆盆子会被训斥，捉蟋蟀、捕知了会被禁止，而且一些正常的兴趣爱好被“查封”的也不少，课外书被没收，精心画的画被家长付之一炬……

如果说“三味书屋”后面还有一个小园，“同窗们”还可以偶尔一乐的话，那么而今的学生却让作业、考试、升学压得连这一点自由都没有。虽说现代社会早已为人们准备了电影、电视、Walkman（随身听）等休闲设备，但这一切几乎与我们学生，特别是初三学生绝缘！

倘若让我来教《从百草园到三味书屋》，我一定会和着鲁迅先生的慨叹大声疾呼：

“把‘百草园’还给学生！”

“把童心还给学生！”

（指导教师：韩西利）

金箍

曲昱飞

一提到金箍，大家总会不由自主地想到孙悟空。孙悟空头上的金箍，是师父在徒弟不听话时念紧箍咒惩罚用的。可是，你想过没有，其实在我们每个人头上都被戴上了一个金箍，只是我们没有察觉而已。

语文课上，老师讲了一个故事："当年有一队侵略者即将侵占一个村子，村中的男人们得知后就把所有的水源都下上了毒药，想毒死这群不速之客。侵略者进村后，抓了村里的妇女和儿童，从井里打上水来给他们喝。"然后，老师问我们想到了什么。同学们有的若有所思低头不语，有的说侵略者太狡猾了。老师看看我们，话锋一转，说："大家有没有想过，侵略者可能并不知道水里有毒，或许他们只是出于礼貌，让妇幼先喝而已，这也完全有可能啊！"我们一下全愣了，你看看我，我看看你，谁也说不出话来了。

这件事引起了我的反思，为什么我们就没想到呢？我们从小受的教育，确实使我们的知识水平提高了，可我们也付出了十分沉重的代价——失去了想象力。小时候，我们看到英文字母"O"，会想到太阳、满月、苹果……而自从我们学了英语，这个字母给我们的联想也只是它的读音和含有它的单词了。同样，我们所熟知的侵略者形象，都是凶神恶煞，滥杀无辜，就从没有人会想侵略者中也会有有人性的、和颜悦色的。这就像一个用固有知识打造的金箍，紧紧地套住了我们的头，封锁了我们的思维方向。

金箍不是天生就有的，而是后天在我们自己不知情的情况下被别人强加上去的，而给我们戴上金箍的人们，还在一声声地念着紧箍咒，使我们被越套越紧，直到成为一条笔直的线，延伸在无数前人所铺垫的大路上。而那些人是谁呢？是家长、老师以及所有接触过你的人。他们在与你说话时，总会有意无意地告诉你一些固有的东西，而尚未定型的思维模式又会让我们错误地理解和接受，这就形成了金箍。

这金箍既然可以戴上去，自然也就可以摘下来，但能不能成功，只有看自己。现在所提倡的发散性思维也正是一个很好的“解箍咒”。

来吧，在想象的天空自由地飞翔吧，把失去的想象力追回来，把头顶上的金箍冲破。

（指导教师：牛爽）

至高的团结

王天晓

长久以来，我一直被两件事感动着：其一，是1995年发生在阪神的大地震。这飞来横祸几乎让日本最重要的港口毁于一旦。但灾难并没有使日本民族屈服，阪神附近的水陆交通二十四小时不间断地向灾区运送救灾物资，男人们还自发组织成警卫队，主动承担保护任务。可以说，这次地震让世人看到了一个紧密团结的民族和一个因团结而取得的伟大胜利；另一件事，是中国1998年的特大洪灾。事情的详细经过相信大家都有目共睹，在此就无须赘述。我要说的，是从这次伟大的抗洪救灾中涌现的那种与日本民族抗震有着相同之处的精神——至高的团结。

《韩非子》一书中有云："一手独拍，虽疾无声"，换今天的话，就叫"一个巴掌拍不响"。如今讴歌"团结就是力量"，说团结是友谊的真正标志，团结的力量无穷无尽；说"同师曰朋，同志曰友"；说团结当以志同道合为根本，如"桃园结义""三顾茅庐"；《易经》中还说"二人同心其利断金"……

我国古代哲学家荀子认为"一个人的自私会破坏世界的简单"，最终使得原本可能集中起来的力量变得涣散。西方哲学家孟德斯鸠说："我们有礼貌，是因为我们懂得自尊。"换句话说，要想搞好人际关系，就得首先学会自尊与礼貌。团结的全部根据只是爱，爱别人，爱自己，爱整个空间。"每个人都是一轮月亮，有着从不让人见到的阴暗的一面。"团结众多的人，你便也成了一轮满月。

文章的开头我说了，有两件事感动着我，但是我没有把话说完，还有两本书也触动了我，甚至是触及了整个中华民族那根敏感的神经。

其一是约翰·布侃1922年著的《东方主义》，他在书中有这样一段言论："你有没有想过中国的例子？中国有数以百万计的好头脑，却被空洞的花哨玩得创意殆尽，他们没有方向，也没有驱策的力量，因此所有加起来只是一场空，全世界都因此而耻笑他们。”

其二是柏杨著的《丑陋的中国人》，他疾呼的“一个中国人是一条龙，三个中国人是一条虫”，广为人知。不管今天的我们抱着怎样的心态来读他们的著作，气愤也好，恼怒也罢，不过最重要的，还该是——反省。

人的光荣不在于他与世界的脱离，人物伟大是因为人中间蕴藏着世界的全部神奇。人在固体中是固体，在树木中是树木，在飞禽走兽中是飞禽走兽。也就是说，至高的团结，不仅仅是人与人之间的团结，她还包括人与整个自然界一切生物的团结，以及与一切正义力量的团结。

——这，正是孔子历来主张的“与天和谐”。

至高的团结，便也就是至高的和谐。

（指导教师：华晓隽）

我要为失败者辩护

陆辰雯

在我们的现实生活中，每一个人都经历过失败，每一个人对失败的理解不同，对待失败的态度、方式也不同。有的人遇到失败、挫折，就会丧失信心，消极沉闷，认为自己永远都是失败的；而有的人则截然不同，面对失败乐观开朗，认为失败会给自己带来更大的动力及信心，促使自己更好地发展，从而获得更大的成功。

有的人认为失败很遥远又很陌生，其实，离我们最近、最熟悉不过的就是我们常经历的失败了。

失败的含义很深刻，它似乎包含着许多发人深省的哲理！

失败的含义很简单，它似乎代表着许多沮丧的人的心理！

人们都习惯崇敬事业上有所成就、取得了成功的人，却很少理会那些为事业付出过艰辛的劳动，辛勤的汗水，甚至于宝贵的生命的失败者。诚然，成功者是可敬的。然而我在这里却要说：“我崇拜那些没有捧到鲜花的英雄！”

我清楚地记得，在一次辩论赛上，有一个女孩儿曾说过，“其实，失败不一定是成功之母，因为我认为世界上根本就没有失败者，就如同世上本没有路，走的人多了便成了路。没有人会为了失败而奋斗，只有人会为成功而去奋斗，同样的道理，做一件事只要尽自己的所能，在自己的眼里永远都是成功的。”这个女孩儿的回答，莫名其妙地博得了场下的一片掌声。当时我非常奇怪，但后来慢慢地，我才真正体会到这段话的真正含义。

在我们的周围，有许多在为成功而喝彩的同时又给失败者鼓励的人，但更多的是对失败者的讽刺、瞧不起。失败者常常为此痛苦不堪。我们决不能把自己的快乐建立在别人的痛苦之上。俗话说得好，落后就要挨打。不错，在这个竞争日趋激烈的年代，我们不可以落后一步，所以，我们不可以失败，但失败又是不可避免的，每一个人都渴望能得到别人的赞同与支持，包括失败者，为什么我们就不能给失败者一些鼓励和支持呢？

失败是令人痛惜的，但失败并不意味着终止。在生活的道路上，每个人都向往成功，但每个人都会有失败，只有那些不畏失败、勇于前行的人，才能真正体味到成功的价值。在成功的标志下，回首走过的路，失败正如一块块基石，一面面旗帜，铺垫着、指引着成功的方向。

我们面对的将是一个崭新的世界。没有人能保证我们会一帆风顺。敢于面对失败的才是大英雄，不怕失败者才有大前程。为此，在人们羡慕成功者的时候，更应该崇拜失败的英雄。那么，就让我们也给那些经历风吹雨打的失败者一束鲜花吧！

谈 哭

孙 杨

为了写这篇文章，我还专门查了字典，上面将“哭”解释为：因痛苦悲哀或感情激动而流泪，有时还发出声音。我对这种解释不太满意，哭真的要流泪吗？要知道有的人可是“干打雷不下雨”哟！

哭，多与脸有关。“泪流满面”“老泪纵横”，没有特别伤心、特别动情的事，人是不会哭成这样的。其中最严重的，当属“以泪洗面”了。

泪是从眼里流出来的，因此哭与眼的关系也颇为密切，像“热泪盈眶”。哭完之后会肿眼睛，于是“眼睛都哭肿了”“眼睛哭得像桃一样”，就成了鉴定此人是否真正大哭过的最好证据。但不管怎么说，想哭时有泪流总是很好说的，最难受的，该算“欲哭无泪”了。

哭与鼻子关系最大。人哭时，往往眼泪鼻涕一起流，“痛哭流涕”“感激涕零”，虽是有喜有悲，但总是跟鼻子挂上钩。

字典中解释，哭，有时还发出声音，但我看，大多数哭是有声的，“放声大哭”“号啕大哭”“声泪俱下”，已经够吵人了，“哭爹叫娘”“呼天抢地”“哭声震天”，足以把每个人的耳朵都哭聋了。

泣，是小声地哭，“哭泣”“抽泣”“啜泣”“悲泣”，只有女人才会。

啼，比泣的声音大些，“啼哭”“哭哭啼啼”，有些让人讨厌。

恸，应该是三者中最高级的了，“恸哭”，虽不是惊天动地，也算声势浩大了。

咽，是哭得太急而产生的，“呜咽”“哽咽”“幽咽”，都会让人有些喘不过气来。

抽，和咽的意思差不多，“抽噎”，就是“抽搭”“唏嘘”，文气了些，意思却是一样的。

泪，不用我解释，你也知道是怎么回事：“含泪”“洒泪”“挥泪”“泪如泉涌”……泪，算得上是哭的最佳代名词，而“潸然泪下”“凄然泪下”，又如何分别得一清二楚？

哭与笑，虽是两个对立面，有时也被纠缠在一起，“破涕为笑”“乐极生悲”，尚且能够分清是说哭还是说笑，“啼笑皆非”“哭笑不得”，可就真要成两面派了。

看来，分门别类记词语，真的不用再被老师训得“泣不成声”了。

（指导教师：康俊怀）

中国少年说

——读《少年中国说》有感

朱丹蕾

挑一个月明风清的夜晚，备一盏西湖龙井，拧亮台灯，用心品读梁启超的《少年中国说》，真是惬意的享受。从文章中，我看到了中国少年的希望，我感到了心灵的净化。

“欲言国之老少，请先言人之老少。”此话诚真。

老年人经常回忆前尘往事，少年人经常思考未来。回首往事，让人心生留恋；思考未来，使人心有憧憬。因为留恋，所以保守；因为憧憬，所以激奋。因为保守，所以一成不变；因为激奋，所以日新月异。

老人如夕阳，少年如朝阳；老人如瘠牛，少年如猛虎；老人如僧，少年如侠；老人如词典，少年如戏文；老人如行星之陨石，少年如海洋之珊瑚。

我以为，中国的兴旺发达全靠中国之少年英才。

国家的教育不可少。中国教育不可局限于教科书，应让少年思想转动、思维飞跃。应试教育应该摒弃，素质教育应该实践。应该关注少年，不可漠视，不可强求，发展才是追求，追求才有希望，充满希望才有明天之灿烂中国。

少年的努力不可少。少年应该英姿勃发、朝气蓬勃，像雄鹰一般矫健，翱翔于高空中。不要随波逐流，要另辟蹊径，要在冰雪覆盖的寒冬中去找寻花红柳绿的春天，然后在春天里迈开大步，共舞明天！

少年要切记中国之昨天。秦皇汉武，何等雄杰；唐宋文学，何等灿烂；中华武术，何等威武。历史学家所铺陈的，辞章家所讴歌的，何止中国少年之良辰美景！

“三十功名尘与土，八千里路云和月。莫等闲，白了少年头，空悲切。”

时间如白驹过隙。中国之少年，应以“真正之中国少年”自名，挥洒青春的力量，迈向灿烂的明天。

掩卷沉思，《少年中国说》是鼓点，是激石，敲击少年之心扉。人生漫漫，理应当先！

第八部分

发现的眼睛

钧瓷金贵还在于遇凉自然成纹。刚离开钧窑的瓷器与外界空气一接触，本身就会炸开细小的不规则的裂纹，看上去就像玻璃碎了，用手触摸，仍然那么光润细腻、雍容典雅。如你有幸驻足倾听钧裂之声，其声似琴瑟丝竹轻拂，如蜂鸟神韵鸣涧，大有此曲只应天上有，哪得人间传佳音之妙。

——荣上荣《钧瓷无双》

翩翩起舞的“草绳”

祁　际

从前，农夫救出了一条冻僵的蛇，它苏醒后却一口将农夫咬死了。这就是《农夫与蛇》的故事。蛇这个令人又恨又怕的东西，冷不防就会咬你一口——“一朝被蛇咬，十年怕井绳”。

可是，如果光恨蛇怕蛇，蛇就要大叫“冤枉”了。因为，世界上两千六百多种蛇中，只有二百多种有毒，而且那些没毒的蛇只是受了惊吓时才伤害人畜的。

爬行类动物多是产卵的。不过，蛇的蛋与鸟类的蛋大有不同：第一，蛇蛋软，鸟蛋硬；第二，刚产下的鸟蛋没有胚胎，而蛇蛋有；第三，雏鸟在蛋黄外发育，而小蛇却在蛋黄内发育。

出生后就得学走路了。它们没人教，只是忸忸怩怩地向前“游”。它的后半身施力于地面，反作用力使其蜿蜒前行。巨大的蟒蛇不绕弯子，而是靠肋骨支配腹鳞，使整个身子做直线运动，“足迹”像坦克履带一样。沙漠的沙子又软又烫，使得那里的蛇像毛毛虫一样，两点着地，像蟹一样横着走。

活着总得吃呀！因为蛇没有耳朵，所以公平的大自然给了它一个分叉的舌头——“杰克逊氏器”。它和神经末梢相连接，接受到空气中的微粒子后送入嗅觉感官中，使它知道周围的情况。无毒蛇用其牙齿咬死小猎物。而大的呢？却用它强有力的躯干去勒死它，等猎物窒息后，再用嘴去吞食。有的人问：“蛇那么小，怎么能吞下那么大的东西呢？”这是因为蛇的口中有两个叫支骨的骨头。吞大猎物时，支骨竖起来，再张大嘴，最大可张成180°。蛇在吞食时不怕因呼吸不了而窒息吗？其实，它的舌头下面有一根直通入肺的喉管，吞食时，就用这根喉管来完成呼吸。

毒蛇有两样法宝：“酒窝”和“注射器”。“酒窝”——颊窝呗！在蛇头两侧的鼻眼之间，它可以分泌出剧毒。被它盯上就像是被狙击步枪的十字准星瞄准了似的，只等“注射器”——毒牙上场了。毒牙有沟牙和管牙两种，牙根与毒腺相连。“针”扎入猎物后，毒液从牙上的沟或管流入猎物体内，无论是谁，一针毙命。

然而毒蛇是很好认的：1.头部呈三角形；2.前半身能向上竖起，脖子胀扁，发出“呼！呼！”声；3.红和黄，人见亡；红和黑，没有毒（不过遇上了绿色的竹叶青蛇，可得小心点）；4.海蛇全是毒蛇（冤枉呀！我是海鳗，别把我认成毒蛇了！）

蛇也对我们人类有很大的用处。蛇肉非常美味；蛇胆是珍贵的药材，有清咽利喉明目的功效。蛇毒也是很有效的药材，有的疾病得靠蛇毒以毒攻毒。蛇也是农田的“守护神”。一条蛇一年能吃掉二百多只老鼠，对我们的农业有很大的好处。所以，外国人将它供奉为神灵。因此，我们不能把蛇与“牛鬼蛇神”联系起来，见了就打。

“草绳”的故事讲完了，大家一定会对它有一个新的认识了吧？

（指导教师：孙惠云）

植物为什么会有不同的味道

隋晓颖

苹果很甜，而山楂却是酸溜溜的，黄连很苦，辣椒则能让你辣得流泪。这是为什么呢？原来是由植物所含的化学物质决定的。

有甜味的植物，比如甘蔗，它就含有不少蔗糖。工厂里的叔叔、阿姨把它们的汁液榨出来，经过煮沸，使水分蒸发掉后，就得到了很甜的糖。我们平常吃的白砂糖，其主要原料就是甘蔗。它的汁液含糖量高达15%，难怪甘蔗吃起来总是甜滋滋的。有些植物虽然不甜，但含有很多淀粉。吃到嘴里以后，淀粉在与唾液相结合后分解，生出葡萄糖和麦芽糖，也就有甜味了。

不是所有的植物都有甜甜的味道，含有苦味的植物也是不计其数的，如那些苦不堪言的中药等。那么它们是什么物质呢？中草药的苦味是其所含的某些生物碱引起的，如黄连之所以特别苦，就是因为它含有黄连素，并且这种物质在黄连的根中含量可高达5%～8%。而我们平时所吃的苦瓜，则因为含有一种叫糖甙的物质而味苦。嫩果中糖甙含量高，随着果实成熟，糖甙被分解，苦味会逐渐变淡。

有些水果吃起来很酸涩，又是什么原因呢？酸是因为水果中含有有机酸，如苹果中含有苹果酸，柑橘、柠檬中含有柠檬酸；涩味则是因为水果里含有大量鞣酸，如柿子、橄榄、茶叶等。我们平时都有这样的体验，很多果实在没有成熟时，酸涩难吃，成熟后往往变得甜美可口了。其原因是其中的酸性物质在渐渐成熟的过程中慢慢被分解了，有的甚至变成了糖。

植物的辣也是各不相同的。辣椒之所以特别辣，是因为它含有辣椒素；白萝卜的辣味则是因为它含有挥发性的芥子油；而大蒜的辣味则是由大蒜素引起的。

现在，我们已经解开了各种植物之所以有不同味道的谜。单单植物的味道就有如此深奥的知识，我们的生活中还有许多无穷无尽的奥秘，等待着我们去发现，去探索。

（指导教师：隋艳玲）

烙锅洋芋

吴城瀚

说起贵州六盘水市，自然就会让人想起那飘香的烙锅洋芋，就会让人想起那平底的油锅上热腾腾的洋芋、魔芋和臭豆腐。

小姑从外地读书回来，第一件事就是要请我和哥哥去吃烙锅。我和小姑、哥哥围坐在烙锅旁，炭火慢慢旺起来，这时烙锅越发的乌黑，越显油的金黄。油珠跳着，像调皮的精灵，一小块一小块的洋芋如同诸多的岛屿，星罗棋布地散在里面，嫩而滑。洋芋也慢慢黄起来，香味四溢。我们都迫不及待地裹着辣椒大吃起来。炭火旺起来了，锅里的油肆意溅起，迸到身上，烫极了。我和哥哥都不敢靠近烙锅，但又对那洋芋垂涎三尺。因此小姑常常微微仰着身子，觑着眼，从氤氲的油烟中伸进筷子，夹起一块块洋芋放进我们的辣椒碟里。我们总是飞快地夹起裹满辣椒面的洋芋往嘴里放。辣得泪眼花花的，舌头直往外伸，可却还是满脸的快乐。吃完了碟子里的，就眼巴巴望着那烙锅，等待着从小姑筷子上掉下来的洋芋。有时也自己动手，不过看着蹦跳的菜油，还是有些望而生畏，总是坐享其成的多。这并不只是吃，也算得上是治疗。小姑说冬天天冷，我又有些轻微的感冒，吃了烙锅感冒就会好的。还真让小姑说对了，吃完烙锅我的感冒真的好了。

烙锅不仅味道美，还增进人们的感情。这是人们喜欢吃它的又一个原因。因为它的味美，我们常常用它来招待远道而来的客人。有很多人还千里迢迢地慕名而来，特意品尝这火辣辣的烙锅洋芋。中央电视台也特地派记者来采访，也许是被这美味所吸引了吧？他们把这烙锅洋芋称作“西部一绝”，搬上了电视呢！

直到现在，有些人还是把洋芋与贫穷落后联系在一起，特别是会让人联想到西部的贫困山区。但我相信这只是暂时的，随着西部大开发脚步的加快，烙锅洋芋会像它本身热腾腾的那样走向全国，甚至世界。到那时，洋芋将会成为西部由穷变富的象征，成为富裕的代名词。

（指导教师：韦玲）

钧瓷无双

荣上荣

我的家乡禹州神垕，虽地处偏远山区，但在中国，甚至在世界上都小有名气。那里饱含中华文明的积淀，那里生产久负盛名的特产——钧瓷。

神垕钧瓷为何如此名声显赫呢？据说除了这个地方，其他地方的土质都烧不出如此美不胜言的上品。有关资料上记载中国钧瓷有三千多年历史，东汉之后制瓷技术迅速发展，诸如景德镇白瓷、宜兴紫砂、禹州钧瓷等皆为名品。

钧瓷技术博大精深，“窑变”最为神奇。

说起窑变，不得不提起一个古老的传说：相传很久很久以前，一对老夫妻以烧瓷为生，后来老汉死了，老婆婆成了唯一的能工巧匠。有一次，一位大臣得到一只钧瓷花瓶，兴冲冲地献给皇上，皇上在爱不释手的同时又觉得美中不足，就对大臣说：“限你三个月内再弄一只和这个一模一样的花瓶，和这只配成一双！”大臣费了好大劲找到老婆婆传了圣旨，老婆婆明知“钧无成双”之理，可王命不敢违抗，只好日夜不停地烧。三个月限期眼看就到，她觉得自己性命难保，一狠心跳入熊熊燃烧的钧窑之中。她的精神感动天帝，天帝封她为“金火圣母”，专管钧瓷色彩。金火圣母所到之处，钧瓷变得美丽多彩。现在，人们进入神垕路口，首先看到的就是金火圣母手持花瓶的塑像屹立在百花丛中。

钧瓷的制造极费工夫：先要调配黏土制成瓷坯，再把调好的釉料均匀地涂在坯子上，积够一窑才放入钧窑烘烧。说起来容易做起来难，烘烧过程难的是各个时候的“火候”各不相同，很难用同一程序掌握，全靠烧窑师傅心领神会，而这种领会又绝非以日计可以达到。

钧瓷金贵就贵在“入窑一色、出窑万彩”。明明同一釉料涂成的瓷坯，出窑时却呈现赤、橙、黄、绿、青、蓝、紫等各种色彩，不同色彩还能自然形成人物、山水、花鸟等象形图案，琳琅满目，异彩纷呈，难怪有人称它是“巧夺天工而不知其源”。

钧瓷金贵还在于遇凉自然成纹。刚离开钧窑的瓷器与外界空气一接触，本身就会炸开细小的不规则的裂纹，看上去就像玻璃碎了，用手触摸，仍然那么光润细腻、雍容典雅。如你有幸驻足倾听钧裂之声，其声似琴瑟丝竹轻拂，如蜂鸟神韵鸣涧，大有此曲只应天上有，哪得人间传佳音之妙。

朋友，当您在电视画面中看到人民大会堂许多大厅一人高的巨型瓷瓶熠熠生辉时，当您听到党和国家领导人把钧瓷名品当作礼品赠给外国客人时，当您在百姓家中看到各种钧瓷摆上古玩架时，您可曾想到过钧瓷故乡禹州神垕？您可曾想到金火圣母的后代继承前人再铸辉煌？如果您想深入了解钧瓷文化，欢迎您早日到钧都一游。

（指导教师：张霞）

谈谈绿色食品

刘子琦

一提到“绿色食品”，你的脑海里是不是马上会浮现出菠菜、芹菜、油菜等蔬菜？如果你认为“绿色食品”就是“绿颜色”的食品，那你可就大错特错了。那么，你可能就要问了，到底什么是“绿色食品”呢？

绿色食品特指无污染的安全、优质、营养类食品。由于与生命、资源、环境相关的事物通常冠之以“绿色”，为了突出这类食品出自良好的生态环境，并能给人们带来旺盛的生命活力，因此将其定名为“绿色食品”。

无污染、安全、优质、营养是绿色食品的特征。无污染是指在绿色食品生产加工过程中，通过严密监测、控制食品生产各个环节的污染，确保绿色食品产品的洁净。绿色食品的优质特性主要包括两方面：一是内在品质优良，二是营养价值和卫生安全指标高。

在你去超市购物时，只要留意，你就会发现，一些饮料、奶粉、果脯等的包装袋上都印有这样的图案——太阳底下，两片绿叶轻托着一枚绿芽。这是为了与一般的普通食品区别开，给“绿色食品”特别标识的统一标志图案。整个图形描绘了一幅明媚阳光照耀下的和谐生机，与“绿色食品”的特征相吻合。

“绿色食品”的涵盖面非常广泛，它包括地里种的、陆上走的、水中游的等多种多样的食品，如作为我们日常生活主食的粮食、蔬菜、鱼、蛋、肉以及水果、茶、酒、调味品等。“绿色食品”的生产要有严格的操作规程，如农作物要在无污染的环境中进行栽培；禽畜不准喂养含有对人体有害物质的激素添加剂；食品制作使用的工艺设备必须无铅、锌污染等等。

随着生活水平的提高，“绿色食品”越来越受到人们的青睐，“绿色食品”标识已成为我国食品走向国际市场的通行证。我们真诚希望，随着人们环保意识的提高，我们餐桌上的食品都能成为“绿色食品”。

（指导教师：隋艳玲）